Tucholsky Wagner Zola Scott Sydow Schlegel
Turgenev Wallace Fonatne Freud
Twain Walther von der Vogelweide Fouqué Friedrich II. von Preußen
Weber Freiligrath
Kant Ernst Frey
Fechner Fichte Weiße Rose von Fallersleben Richthofen Frommel
Hölderlin
Engels Fielding Eichendorff Tacitus Dumas
Fehrs Faber Flaubert
Maximilian I. von Habsburg Eliasberg Ebner Eschenbach
Feuerbach Fock Eliot Zweig
Ewald Vergil
Goethe Elisabeth von Österreich London
Mendelssohn Balzac Shakespeare Dostojewski Ganghofer
Trackl Stevenson Lichtenberg Rathenau Doyle Gjellerup
Mommsen Tolstoi Hambruch
Thoma Lenz Hanrieder Droste-Hülshoff
Dach Verne von Arnim Hägele Hauff Humboldt
Reuter Rousseau Hagen Hauptmann
Karrillon Garschin Gautier
Damaschke Defoe Hebbel Baudelaire
Descartes Hegel Kussmaul Herder
Wolfram von Eschenbach Dickens Schopenhauer Rilke George
Bronner Darwin Melville Grimm Jerome
Campe Horváth Aristoteles Bebel Proust
Bismarck Vigny Barlach Voltaire Federer Herodot
Gengenbach Heine
Storm Casanova Tersteegen Gilm Grillparzer Georgy
Chamberlain Lessing Langbein Gryphius
Brentano Lafontaine
Strachwitz Claudius Schiller Kralik Iffland Sokrates
Katharina II. von Rußland Bellamy Schilling
Gerstäcker Raabe Gibbon Tschechow
Löns Hesse Hoffmann Gogol Wilde Vulpius
Luther Heym Hofmannsthal Klee Hölty Morgenstern Gleim
Roth Heyse Klopstock Kleist Goedicke
Luxemburg Puschkin Homer Mörike
Machiavelli La Roche Horaz Musil
Navarra Aurel Musset Kierkegaard Kraft Kraus
Lamprecht Kind Moltke
Nestroy Marie de France Kirchhoff Hugo
Laotse Ipsen Liebknecht
Nietzsche Nansen
Marx Lassalle Gorki Klett Leibniz Ringelnatz
von Ossietzky May vom Stein Lawrence Irving
Petalozzi Knigge
Platon Pückler Michelangelo Kock Kafka
Sachs Poe Liebermann Korolenko
de Sade Praetorius Mistral Zetkin

Der Verlag tredition aus Hamburg veröffentlicht in der Reihe **TREDITION CLASSICS** Werke aus mehr als zwei Jahrtausenden. Diese waren zu einem Großteil vergriffen oder nur noch antiquarisch erhältlich.

Symbolfigur für **TREDITION CLASSICS** ist Johannes Gutenberg (1400 — 1468), der Erfinder des Buchdrucks mit Metalllettern und der Druckerpresse.

Mit der Buchreihe **TREDITION CLASSICS** verfolgt tredition das Ziel, tausende Klassiker der Weltliteratur verschiedener Sprachen wieder als gedruckte Bücher aufzulegen – und das weltweit!

Die Buchreihe dient zur Bewahrung der Literatur und Förderung der Kultur. Sie trägt so dazu bei, dass viele tausend Werke nicht in Vergessenheit geraten.

Der König von Sidon

Paul Lindau

Impressum

Autor: Paul Lindau
Umschlagkonzept: toepferschumann, Berlin

Verlag: tredition GmbH, Hamburg
ISBN: 978-3-8495-3112-6
Printed in Germany

Rechtlicher Hinweis:
Alle Werke sind nach unserem besten Wissen gemeinfrei und unterliegen damit nicht mehr dem Urheberrecht.

Ziel der TREDITION CLASSICS ist es, tausende deutsch- und fremdsprachige Klassiker wieder in Buchform verfügbar zu machen. Die Werke wurden eingescannt und digitalisiert. Dadurch können etwaige Fehler nicht komplett ausgeschlossen werden. Unsere Kooperationspartner und wir von tredition versuchen, die Werke bestmöglich zu bearbeiten. Sollten Sie trotzdem einen Fehler finden, bitten wir diesen zu entschuldigen. Die Rechtschreibung der Originalausgabe wurde unverändert übernommen. Daher können sich hinsichtlich der Schreibweise Widersprüche zu der heutigen Rechtschreibung ergeben.

Text der Originalausgabe

Paul Lindau

Der König von Sidon

Verlag der Wiking-Bücher Post & Obermüller Bremen / Leipzig

Druck der Spamerschen Buchdruckerei in Leipzig

Der König von Sidon

von

Paul Lindau

Verlag der Wiking-Bücher
Post & Obermüller
Bremen / Leipzig

Zum dritten Male las Andreas langsam und bedächtig die lakonische Meldung aus Konstantinopel, die der Telegraphenbote vor einer halben Stunde bei ihm abgegeben hatte. Er kannte sie auswendig, aber es war ihm trotzdem ein Bedürfnis, sich jedes Wort noch tiefer einzuprägen.

Die Aufregung, die sich beim ersten Lesen der Depesche seiner bemächtigt hatte, war stetig gestiegen und wurde durch die widersprechenden Gefühle, die ihn wechselseitig beherrschten, immer mehr geschürt. Er empfand die dankbarste Freude für das heißersehnte Glück, das ihn nun, wie es schien, endlich und doch wiederum viel früher, als er zu hoffen gewagt hatte, beschieden werden sollte, zugleich aber auch eine gewisse wehmütige Trauer darüber, daß er sich gerade jetzt – und vielleicht auf lange Zeit – von der Heimat zu trennen habe. Sie war ihm nie so lieb und teuer erschienen, wie in diesen sonnigen Frühlingstagen! Dann aber machte er sich wieder bittere Vorwürfe darüber und schalt sich undankbar, daß seine Freude nicht ungetrübt sein konnte.

Schon von früher Jugend auf hatte er eine besondere Vorliebe für die fernsten Tage der grauen, von der Wissenschaft nur unvollkommen wieder aufgelichteten Vergangenheit empfunden, und in den Jahren des Heranreifens hatte ihn die echte und ernste Begeisterung für die Erforschung des Altertums erfaßt. Er war Archäologe geworden mit Leib und Seele. In seinen Ansprüchen von äußerster Bescheidenheit, ohne irgend welches Verlangen nach Wohlleben, ja, ohne Verständnis dafür, instinktiv haushälterisch, hatte er wie etwas ganz Selbstverständliches die größere Hälfte des nicht ganz unbedeutenden Vermögens, das ihm sein Vater, ein rechtschaffener Pastor im Holsteinischen, hinterlassen hatte, seinem Studium geopfert. Er hatte sich längere Zeit in den großen europäischen Zentren der Wissenschaft und Kunst aufgehalten, die Museen und Sammlungen eifrig studiert und, mit glänzenden Empfehlungen von Ernest Renan ausgestattet, der an dem unermüdlichen, fleißigen jungen Gelehrten, besonderes Gefallen gefunden, zwei Jahre – die vollsten und genußreichsten seines bisherigen Daseins – in Kleinasien, Syrien und Ägypten zugebracht.

Immer war es das alte Sidon gewesen, – das heutige Saïda, unterhalb Beirut, etwa auf der Höhe von Damaskus, von dem es durch die beiden hohen Gebirgsstränge des Libanon getrennt ist, am Meere gelegen, – das eine unwiderstehliche, fast unheimlich zu nennende Anziehungskraft auf ihn geübt hatte. Die ersten Ausgrabungen, die Ernest Renan dort unternommen hatte, und der zuversichtliche Hinweis des französischen Gelehrten, daß hier an der syrischen Küste sicherlich noch Schätze von unberechenbarem Wert – namentlich für die Geschichte der Phönizier und Alexandriner – verscharrt sein müßten, ließen ihm keine Ruhe und Rast.

Wie glücklich war er gewesen, als man ihm bei seinem letzten Aufenthalte in Konstantinopel die feste Zusicherung gegeben hatte, daß man zu guter Stunde seiner gedenken würde!

Durch die Ernennung Hamdy Beys zum Konservator der türkischen Kunst- und Altertumssammlungen hatte die archäologische Forschung in dem weiten Reiche, das die ergiebigste Ausbeute darbot, mächtigen Aufschwung genommen. Der Gewissenlosigkeit und dem brutalen Getriebe des habgierigen privaten Antiquitätenschachers, den man in strafbarer Indolenz ungestraft hatte schalten und walten und am Gemeingute der Kultur sich hatte versündigen lassen, trat man nun, auf Hamdy Beys Anregung, mit Entschiedenheit entgegen; und die rationelle und systematische Aufdeckung der versunkenen und verborgenen Herrlichkeiten wurde von nun an der kundigen Leitung wissenschaftlich gebildeter Männer anvertraut, welche die mühevollen Arbeiten zu überwachen und zu leiten hatten. Hamdy Bey hatte nun dem jungen deutschen Gelehrten, der auf das beste, nämlich durch eine Empfehlung Renans, bei ihm eingeführt worden war, das feste Versprechen gegeben, ihn, sobald sich die Gelegenheit bieten würde, zu einer dieser Ausgrabungsarbeiten heranzuziehen.

Andreas Möller hatte lange vergeblich darauf gewartet, und es waren Jahre seitdem vergangen.

Er hatte sich in Berlin als Privatdozent habilitiert. Seine Arbeiten hatten ihm den Ruf eines echten, tüchtigen, scharfsichtigen Gelehrten, insbesondere eines gründlichen Kenners der altsemitischen Sprachen erworben. Durch die Entzifferung einer bis dahin rätselhaft gebliebenen phönizischen Inschrift hatte er auch die fördernde Freundschaft Renans und unter den Fachgelehrten überhaupt Ansehen gewonnen. Seit einem Jahre war er nun zum außerordentlichen Professor der Archäologie an der Berliner Universität ernannt worden. Er hatte das siebenunddreißigste Lebensjahr eben überschritten.

Er hatte nur seinen Studien gelebt, – ein stilles, beschauliches, genügsames Leben für sich, ohne Zusammenhang mit der lärmenden Gegenwart, in stetem, ihn immer mehr beglückenden Verkehr mit der dunklen Abgeschiedenheit. Ein Anachoret mitten im Gewühl der Weltstadt, für deren Vergnügungen er kein Verständnis besaß, deren Erregungen ihn kalt ließen.

Seitdem er sich in Berlin niedergelassen, hatte er seine Wohnung bei der verwitweten Steuerinspektorin Frau Wittig, im zweiten Stock eines älteren Hauses in der Wittelstraße, nicht gewechselt. Vor kurzem hatte er, da er sich wegen des unaufhörlichen Anwachsens seiner Bibliothek in der Arbeitsstube nicht mehr umdrehen konnte, zu seinen zwei mittelgroßen Zimmern noch ein drittes hinzugenommen. Und es war ihm nicht ganz leicht geworden, sich in diese einzige Veränderung in seinen äußeren Lebensbedingungen und die ihm dadurch gewährten Bequemlichkeiten hineinzufinden.

Er wußte nicht, wer über ihm, unter und neben ihm wohnte. Mit seiner Wirtin sprach er nur das Nötige, viel weniger, als ihr lieb war. Denn Frau Wittig respektierte und verehrte ihren Herrn Professor aufrichtig und fand nichts weiter an ihm auszusetzen, als daß er ihrem Bedürfnis, dies und das zu erzählen und dies und das zu hören, so wenig entsprach.

Aber sie pflegte ihn liebevoll, mütterlich. Sie kannte die Gewohnheiten ihres angenehmen Mieters, seine peinliche Ordnung und Sauberkeit. Das Mädchen durfte nie in das Arbeitszimmer; sie ließ es sich nicht nehmen, es allein aufzuräumen. Seine Kleidung und Wäsche waren stets in tadellosem Zustande; wenn das eine oder das andere schadhaft wurde, so sorgte sie, nach vorheriger, regelmäßig bejahter Anfrage, für rechtzeitigen Ersatz. Das war sehr einfach. Denn Professor Möller trug nie etwas anderes, als den zweireihigen schwarzen Tuchrock mit ziemlich langen Schößen, Beinkleider und die hohe Weste in derselben Farbe und aus demselben Stoff – alles aufs gründlichste gebürstet. – Im Schrank hing noch derselbe Frack, in graue Leinwand sorgsam eingehüllt, in dem Andreas vor vierzehn Jahren zum Doctor philosophiae et magister artiumliberalium promoviert worden war. Der wurde bei den seltenen feierlichen Gelegenheiten noch immer hervorgeholt, und er saß heute noch gerade so gut und gerade so schlecht, wie am ersten Tage. Denn die Figur des Professors hatte sich seit seinem zwanzigsten Lebensjahre nicht mehr verändert.

Mit zwanzig Jahren war er ein hochaufgeschossener Jüngling gewesen, jetzt war er ein ziemlich großer, schmalbrüstiger Mann, dem man es auf den ersten Blick ansah, daß er bei seiner Einberufung zum Militär vom Generalstabsarzte mit etwas geringschätzigem Lächeln als hoffnungslos dienstuntauglich ohne weiteres abgetan worden war. Sein Rücken hatte sich durch das überlange Sitzen am Arbeitstisch etwas gekrümmt, und die eine Schulter ein wenig gesenkt. Der Bücherwurm war als Vaterlandsverteidiger nicht zu gebrauchen.

Aber trotz dieser offenbaren Defekte hatte die ganze Erscheinung doch etwas ungemein Sympathisches, ja, in ihrer kindlichen Naivität beinahe etwas Rührendes.

Seine hohe und gewölbte Stirn war von starken, dunkelblonden Haaren umrahmt, die ziemlich lang und scheitellos nach hinten gekämmt seinen Nacken bedeckten und den Rockkragen streiften. Da er keinen Bart trug, hatte er einen leicht pastoralen Anstrich und wurde auch oft für einen Theologen gehalten. Er hatte fein geschnittene Züge, eine ziemlich lange schmale Nase, dünne Lippen. Er sah interessant und klug aus. Vor allem war es der Ausdruck seiner großen graublauen Augen, der sein Gesicht freundlich belebte. Wenn er die Augen aufschlug und mit seinem lebhaften und dabei doch so guten Blick einen ansah, so konnte man ihn beinahe schön nennen.

Obwohl er nichts weniger als anschmiegsam war, erfreute er sich durch die Verbindlichkeit seiner Formen allgemeiner Beliebtheit. Man kann nicht sagen, daß er der Gesellschaft aus dem Wege ging, er fühlte nur kein Bedürfnis, sie aufzusuchen; er wußte, daß er ein schweigsamer und unergiebiger Mann war. Und so vereinsamte er auf ganz natürliche Weise.

Er hatte in seinem Leben überhaupt nur einen einzigen Freund gehabt, mit dem er in innigem Verkehr gestanden, mit dem er von allem, was ihm durch Kopf und Herz ging, zwanglos hatte sprechen können. Und der war gestorben. Der ihm Gleichgesinnte war als ein tragisches Opfer seines Wissensdranges gefallen. Es war ein junger Mediziner, der sich bei einem an sich selbst vorgenommenen wissenschaftlichen Versuche eine Blutvergiftung mit tödlichem Ausgang zugezogen hatte. Den hatte er nie vergessen können! Er hatte ihm treue Freundschaft bis übers Grab hinaus bewahrt und nie wieder einen andern in sein Herz geschlossen.

Aber vor kurzem, – es waren kaum sechs Wochen seitdem vergangen, – hatte er eine Bekanntschaft gemacht, die in sein bisher so ruhiges Leben eine ungeahnte Bewegung gebracht, ja, eine förmliche Umwälzung hervorgerufen hatte.

*

Eines Nachmittags hatte es an seine Stubentür geklopft. Auf seinen Herreinruf war Frau Wittig erschienen und hatte ihn mit verlegenem Lächeln gefragt, ob er in seiner Bibliothek vielleicht ein Konversationslexikon besitze, und, als er diese Frage, ebenfalls, aber verwundernd lächelnd, bejaht hatte, hinzugefügt, ob er wohl die große Freundlichkeit haben würde, es ihr auf einige Augenblicke zu leihen.

»Gern«, hatte Andreas versetzt. »Welchen Band wünschen Sie?«

»Welchen Band?« wiederholte die Wirtin mit gesteigerter Verlegenheit. »Ja, das kann ich Ihnen eigentlich nicht sagen ... Das Buch ist nämlich nicht für mich. Fräulein Sabine Kreutzer hat mich darum gebeten.«

Andreas sah sie fragend an.

»Die junge Dame, die auch bei mir wohnt, hier in der kleinen Stube gleich nebenan,« erläuterte Frau Wittig. Und sie gab unaufgefordert die weiteren Aufschlüsse: »Eine sehr fleißige junge Dame, vom Lette-Verein. Sie ist Stenographin und lebt ganz still für sich. Sie werden sie kaum je gehört haben, obgleich die beiden Stuben eine Verbindungstür haben. Da, die Tür, die Sie mit Ihren Büchern verstellt haben. An einen lauten Mieter würde ich das Stübchen auch nie vermietet haben. Lieber ließe ich es leer stehen, denn ich weiß ja, der Herr Professor müssen ungestört sein.«

Andreas hörte ohne besondere Teilnahme zu. Um dem Redeflusse der Wirtin einen Damm zu setzen, warf er ein:

»Dann erkundigen Sie sich gefälligst bei der jungen Dame, welchen Band sie zu haben wünscht, – welchen Buchstaben? Ich stehe gern zur Verfügung.«

»Welchen Buchstaben«, wiederholte die Wirtin, als ob sie sich die Bestellung einprägen wollte.

Zögernd entfernte sie sich.

Nach einigen Minuten wurde wieder geklopft. Die Wirtin kehrte zurück, diesmal gefolgt von einem jungen Mädchen, das sich an der Tür artig verneigte. Andreas hatte sich jetzt erhoben und erwiderte den Gruß etwas ungelenk.

Die junge Dame mochte etwa einundzwanzig Jahre alt sein. Sie war hellblond und hatte frische Farben. Sie war sehr einfach, aber sehr adrett gekleidet.

»Ich habe Fräulein Kreutzer gebeten, lieber selbst zu kommen,« sagte Frau Wittig, »ich finde mich doch nicht zurecht. Der Herr Professor werden es gewiß nicht übelnehmen.«

»Aber bitte, bitte«, fiel Andreas ein. »Sie wünschen das Konversationslexikon?« fuhr er, sich an die junge Dame wendend, fort.

»Entschuldigen Sie nur meine Indiskretion, hier so ohne weiteres ...«

»Bitte, bitte«, warf Andreas abermals ein. »Es ist mir ein Vergnügen, Ihnen eine unbedeutende Gefälligkeit erweisen zu können.« Er hatte sich einem Regal genähert. »Hier, mein Fräulein, steht das Lexikon.«

Mit einer leichten Verbeugung trat Fräulein Kreutzer an die bezeichnete Stelle und nahm einen Band heraus.

Andreas näherte sich dem Fenster, wo die Wirtin stand, und stellte irgend eine gleichgültige Frage, die Frau Wittig zu einer längeren Expektoration veranlaßte. Er hörte mit anscheinender Teilnahme zu und spann das Gespräch sogar weiter. Frau Wittig war ganz überrascht. So gesprächig war der Herr Professor noch nie mit ihr gewesen.

Sabine hatte indessen den Band wieder in die Lücke gestellt und einen andern herausgenommen und durchblättert. Dann einen dritten. Sie schüttelte den Kopf und entfernte sich vom Regal, während sie Frau Wittig durch einen Blick zum Abschied veranlassen zu wollen schien.

Andreas hatte das stumme Spiel beobachtet und brach das Gespräch mit der Wirtin jäh ab.

»Nun? Haben Sie gefunden, was Sie suchten?« fragte er.

»Nein«, antwortete Sabine. »Und es ist mir ein bißchen unangenehm. Es ist ein Eigenname, der in dem Stenogramm, das ich zu übertragen habe, sehr oft wiederkehrt ... ein phönizischer König ...«

Andreas fuhr erstaunt auf und blickte Sabinen mit seinen großen Augen so blitzend an, daß sie unwillkürlich die Lider senkte.

»Ein phönizischer König? Da weiß ich ja einigermaßen Bescheid ... Aber – verzeihen Sie die etwas indiskrete Frage, was haben Sie denn mit phönizischen Königen zu tun?«

»Ich werde seit einiger Zeit von Herrn Dr. Scholl beschäftigt«, gab Sabine Bescheid.

»So, so, von Dr. Scholl?« wiederholte Andreas. »Den kenne ich sehr gut. Er hat mehrere Semester bei mir Kolleg gehört. Und der beschäftigt Sie?«

»Herr Dr. Scholl ist Mitarbeiter am Konversationslexikon. Er bearbeitet einen Teil der archäologischen Artikel. Und da diktiert er mir mitunter größere Aufsätze. Ich mag ihn nicht gern unterbrechen. Er benutzt für seine Arbeit zahlreiche Notizen und Quellenwerke, und es bringt ihn aus dem Zusammenhang, wenn man ihn während des Diktats mit Fragen unterbricht. Heute habe ich vergessen, ihn nach beendigter Arbeit zu fragen, wie ich es sonst immer tue. Und das ist mir um so unangenehmer, als ein und derselbe Name, den ich nicht verstehen konnte, wohl ein dutzendmal vorkommt. In Ihrer Ausgabe des Brockhaus finde ich ihn aber nicht. Es wird sich wohl um eine neuere wissenschaftliche Feststellung handeln, die in der letzten Auflage noch nicht berücksichtigt werden konnte.«

»Vielleicht kann ich's Ihnen sagen. Wie heißt denn der Gesuchte? Ungefähr ... meine ich.«»Esch ... Muh ... Lazar, habe ich verstanden.«

»Eschmunasar!« rief der Professor mit freudig leuchtendem Blick, mit einem fast zärtlichen Ausdruck. »Eschmunasar, Sohn des Tabnit! König von Sidon!«

»Ganz recht,« bekräftigte das junge Mädchen, »Sohn des Tabnit. Das habe ich auch im Stenogramm. Und wie schreibt man das, wenn ich bitten darf... ›Esch ... mu... na ... far‹? Mit einem s oder mit einem z?«

»Wie Sie wollen. Schreiben Sie's, wie Sie's hören. Richtig ist es ja doch nicht.«

Sabine lächelte ein wenig.

»Scholl spricht wohl von dem anthropo¿den Sarkophag mit der phönizischen Aufschrift, in dem Eschmunasar geruht hat? Von dem Sarkophag im Louvre?«

»Ja«, entgegnete das junge Mädchen etwas befangen. »Eigentlich spreche ich nie von dem, was mir diktiert wird. Aber es hat mich zu sehr überrascht, daß Sie sogleich erraten ...«

»Das darf Sie nicht überraschen, und Sie machen sich keiner Verletzung des Amtsgeheimnisses schuldig. Die Existenz des phönizischen Königs Eschmunasar, des Sohnes Tabnits, wird eben nur durch die eine Inschrift beglaubigt, die auf dem 1855 vom Herzog von Luynes entdeckten Sarkophag angebracht ist. Das weiß jeder, der sich um diese Dinge, wenn auch nur oberflächlich, bekümmert hat. Als Sie den Namen Eschmunasar nannten, war es also kein Kunststück, auf den anthropoïden Sarkophag zu verweisen.«

»Ja so ...« versetzte Sabine. Sie stockte und lächelte wiederum. Sie hatte gewiß noch etwas auf dem Herzen. »Und da Sie mich nun einmal belehren,« fuhr sie beherzter fort, »gestatten Sie mir wohl gleich noch eine Frage. Ich komme mir immer so töricht vor, wenn ich Sachen stenographiere und übertrage, die ich nicht verstehe. Ein ›anthropoïder‹ Sarkophag ... was ist denn das?«

»Sie haben gewiß schon einmal in einem Museum einen Mumienschrein gesehen? Einen langen, mit bunten Hieroglyphen bemalten

Holzkasten, mit möglichst sorgfältig durchgebildetem Kopf, während der Rumpf und die Gliedmaßen, ohne irgendwelche feinere Gliederung, als plumpe Masse behandelt, lediglich den Umfang und die Verhältnisse des Körpers grob andeuten, – also eine lange Kiste, die einen menschlichen Körper bequem beherbergen kann, mit übergroßem Kopfe, der manchmal nicht übel modelliert ist, in Länge und Breite den Verhältnissen des Menschen, der einen solchen Kopf haben würde, etwa entsprechend, an der Schulterhöhe etwas abgerundet, in der Gegend der Hüften etwas erweitert, am unteren Teile zur Andeutung der Beine etwas geschwungen, ganz ungeschlacht modelliert, und am Ende, zur Andeutung der aufrechtstehenden, auf den Fersen ruhenden Füße, eine Erhöhung – ungefähr wie eine angewachsene Fußbank. Diese Mumiensärge sind nun auch in Stein, in Marmor oder Basalt geformt worden; da sind die Ornamente und Schriftzeichen natürlich nicht bloß mit Farben aufgetragen, sondern in den Stein eingemeißelt. Und diese steinernen Leichenschreine, die die Ähnlichkeit mit dem Menschen anstreben und grobmassig andeuten, nennt man eben ›menschenähnliche‹ – anthropoïde Sarkophage. Daß Sie das nicht verstanden haben, ist ganz begreiflich. Kein Mensch darf von Ihnen verlangen, daß Sie Griechisch verstehen sollen.«

»Ich bin Ihnen sehr dankbar, Herr Professor!« versetzte Sabine, der es nicht entgangen war, daß die Wirtin während der belehrenden Auskunft etwas ungeduldig geworden war. »Noch einmal bitte ich Sie um Vergebung, daß ich Sie in Ihrer Arbeit gestört habe.«

»Es ist mir eine wirkliche Freude gewesen«, erwiderte Andreas sehr aufrichtig. »Und wenn ich Ihnen gelegentlich wieder einmal mit irgendeiner Mitteilung dienlich sein kann, bitte, ich stehe gern zu Ihrer Verfügung.«

Sabine neigte mit dankendem Gruß den Kopf, die Wirtin lächelte ohne Grund, sie öffnete die Tür, und die beiden entfernten sich.

*

Andreas blieb stehen und blickte eine Weile auf die geschlossene Tür. Dann kehrte er zu seinem Schreibtisch zurück und setzte sich. Er las die Seite, die er eben geschrieben hatte, durch. Sie gefiel ihm nicht. Er machte mehrere Korrekturen. Auch damit war er nicht recht zufrieden. Er zerriß das Blatt und warf die Fetzen in den Papierkorb.

Er schrieb einige Zeilen, die er gleich wieder durchstrich. Er wandte sich auf seinem Stuhle um und sah wieder nach der Tür. Dabei überkam ihn eine gewisse Unruhe, für die er keine Erklärung finden konnte.

Auf einmal war er zerstreut geworden. Der Faden war zerrissen, er konnte ihn nicht wieder anknüpfen. Seine Stube kam ihm jetzt merkwürdig leer vor. Und da es mit der Arbeitsstimmung nun doch aus war, faßte er einen schnellen Entschluß, erhob sich, nahm Hut und Stock und ging aus. Er bemerkte jetzt zum erstenmal, daß vom Korridor noch eine Tür in eine Stube führte. Er ging etwas langsam daran vorüber ...

Als er auf die Straße getreten war, überschritt er, ganz wider seine Gewohnheit, den Fahrdamm, blieb drüben stehen und betrachtete genauer das gelbgestrichene Haus, in dem er schon seit langen Jahren wohnte, und das er sich bis jetzt noch nie angesehen hatte. Er mußte sich erst einen Augenblick orientieren ...

Das waren die vier Fenster seiner Wohnung. Daneben war noch ein Fenster. Auf dem Brette standen vier Blumentöpfe mit blühenden Hyazinthen von verschiedener Farbe und Levkojen. Es sah hübsch aus. Frau Wittig hätte auch wohl daran denken können, für ihn ein paar Töpfe vom Markte mitzubringen!

Auf einmal wandte er sich schnell zum Gehen. Er hatte oben am Fenster hinter den Blumen eine weibliche Gestalt flüchtig erblickt, jedenfalls Fräulein Kreutzer. Bei dem Gedanken, daß sie ihn auch bemerkt haben könne, wie er, ohne sich etwas Rechtes dabei zu denken, von der Straße zu ihren Blumen hinaufgestarrt hatte, fühlte er so etwas wie Beschämung.

Er ging nun ziemlich schnell durch die Schadowstraße Unter den Linden dem Brandenburger Tor zu.

Die Sonne stand freilich schon ziemlich tief, aber es war einer der ersten warmen Frühlingstage, und der Tiergarten war noch sehr belebt. Er nahm seinen Weg über den Königsplatz an den Zelten vorüber. Da waren alle Tische dicht besetzt, und es schien ihm so, als ob da lauter fröhliche Menschen säßen. Er ließ seine Blicke über die einzelnen Gruppen schweifen: Familienväter mit ihren Frauen und Kindern, verliebte Pärchen, junge Leute, die sich an dünnem Bier und schlechten Zigarren labten und sich Geschichten erzählten, die sie sehr komisch fanden. Alle waren da vereint mit dem festen Vorsatze, sich einige vergnügte Stunden zu bereiten.

Jetzt erst fiel ihm ein, daß heute Sonntag war. Unter den Hunderten war er vielleicht der einzige, der planlos hierher gekommen war! Es war gewiß unrecht von ihm, daß, er sich nicht öfter unter fröhliche Menschenkinder begab und sich an der Freude der anderen erfreute.

Was hatte ihn heute hierhergeführt?

Er mußte einige Augenblicke nachdenken. Ein Zufall war's gewesen! Weshalb hatte er auf einmal die Lust zum Arbeiten verloren, weshalb war ihm sein Zimmer plötzlich so viel ungemütlicher als sonst erschienen? Ja, wenn am Fenster wenigstens ein paar Blumen gestanden hätten ...

Fräulein Kreutzer hatte sich wegen der Störung so höflich bei ihm entschuldigt. Sie hatte ihn ja gar nicht gestört. Es war ihm im Gegenteil eine große Freude gewesen, mit dem anmutigen jungen Mädchen einige Minuten zusammen zu sein. Was ihn gestört hatte, das war vielmehr sein Alleinsein – nachher. Er war wirklich zu viel allein! Und wenn er jetzt nach Hause ging, dann harrte seiner wieder das Alleinsein. Daß er das früher nicht bemerkt hatte!

Er kehrte um und ging langsam, in einer gewissen schwermütigen Stimmung, die ihm etwas ganz Neues war, seiner Wohnung zu. Wohin sollte er auch gehen?

Er blieb wieder seinem Hause gegenüber stehen und sah wieder nach den Fenstern im zweiten Stock hinauf. Die Flügel ihres Fensters standen jetzt offen.

Ob sie ausgegangen war? Vielleicht hatte sie die Übertragung des Stenogramms beendet und brachte ihre Arbeit zu Doktor Scholl.

Aber dazu war es doch wohl schon etwas zu spät... Wenn er den aufsuchte, um sich Gewißheit zu verschaffen? Er kannte ihn ja sehr gut, und ein Vorwand zu seinem Besuche wäre nicht schwer zu finden gewesen ... Aber es war doch gar zu töricht! Es konnte ihm ja überdies völlig gleichgültig sein, ob seine Vermutung zutraf oder nicht.

Geräuschvoller als sonst schloß er die Korridortür auf, und als er an ihrer Tür vorbeikam, fühlte er eine gewisse Rauheit im Halse und mußte sich räuspern.

In seinem Zimmer machte er es sich bequem und setzte sich dann wieder an seinen Schreibtisch. Er arbeitete, aber ohne rechte Freudigkeit und Sammlung. Manchmal hielt er inne und lauschte, ob sich nicht irgendein Geräusch im Nebenzimmer vernehmen ließ. Alles blieb still. Die Nachbarin war sicher ausgegangen.

Da es inzwischen schummerig geworden war, steckte er seine Lampe an. Aber mit der Arbeit wollte es heute durchaus nicht gehen. Der laue Frühlingstag und der weiche West hatten ihn ermattet. Er stützte die Stirn auf die linke Hand und ließ die rechte, die die Feder hielt, schlaff herabhängen. Als Frau Wittig ihm zur gewohnten Stunde das Abendessen hereinbrachte, schrak er förmlich zusammen.

»Fräulein Kreutzer ist wohl nicht zu Hause?« sagte er in einem Tone, der möglichst gleichgültig klingen sollte.

Frau Wittig blickte überrascht auf. Der Herr Professor waren ja heute ungemein gesprächig.

»Das Fräulein geht jeden Sonntag zu ihren Verwandten«, antwortete sie, während sie die Serviette über das Tischchen breitete und das bescheidene Abendbrot symmetrisch aufstellte. »Zu ihrem Onkel. Er ist Oberlehrer an der Dorotheischen Stadtschule und wohnt hier dicht nebenan, an der Ecke der Schadowstraße. Sie kommt aber immer früh zu Hause, so gegen halb zehn. Manchmal wird es auch dreiviertel, aber selten. Sie hat überhaupt gar keinen Hausschlüssel. Also wenn der Herr Professor dem Fräulein noch etwas zu sagen haben ...«

»Nein, nein«, unterbrach sie Andreas ziemlich lebhaft. »Ich habe dem Fräulein gar nichts zu sagen. Weil ich keinen Laut von nebenan hörte, da fragte ich nur so ... wie man eben fragt.«

Frau Wittig hätte die Unterhaltung wahrscheinlich noch gern etwas fortgesetzt, aber der Professor hatte nun wieder seine gewöhnliche Miene aufgesetzt, die dazu nicht ermutigte.

»Dann also, guten Abend, Herr Professor!«

»Guten Abend!« Während des Abendessens sagte er sich, er hätte die mitteilsame Wirtin vielleicht doch nicht so schnell abfertigen sollen. Sie hätte ihm am Ende gewiß noch das eine oder andere erzählt, das er ganz gern gehört hätte.

Er war nun wieder ganz vernünftig geworden, und als er die Arbeit wieder aufgenommen hatte, ganz bei der Sache. Das dauerte so etwa eine Stunde.

Da fiel sein Blick von ungefähr auf die Uhr, die auf seinem Pulte stand, und nun befiel ihn aufs neue eine seltsame Unruhe. Es fehlten wenige Minuten an halb zehn. Sie mußte in kürzester Zeit nach Hause kommen. ... Er horchte auf. Alles war und blieb still. Er ging einigemal im Zimmer auf und ab, blieb stehen und horchte wieder. Dann trat er ans Fenster, öffnete es und blickte auf die Straße hinab, in der Richtung auf die Schadowstraße. Er hatte sich immer eingebildet, daß die Straße viel heller beleuchtet sei. Nur in unmittelbarer Nähe der Laternen konnte er die Silhouetten der wenigen Vorübergehenden ungefähr erkennen.

Er trat wieder ins Zimmer zurück und rückte das Tischchen, an dem er gegessen hatte, und das ihn jetzt bei seinem Auf- und Abgehen behinderte, an die Wand. Es mußte doch längst dreiviertel sein. Er sah auf die Uhr: eine Minute über halb! Er nahm ein beliebiges Buch und blätterte darin.

Plötzlich fuhr er auf. Er hörte, wie sich der Schlüssel im Schlosse der Korridortür drehte, wie diese behutsam geöffnet und ebenso vorsichtig wieder geschlossen wurde. Dann wurde die Tür zum Nebenzimmer leise aufgeschlossen und kaum hörbar auf- und zugemacht.

Andreas schüttelte den Kopf. Diese einfachsten Vorgänge hatten ihn merkwürdig erregt, sein Herz klopfte laut. Weshalb nur?

Er schlich an das Regal, mit dem die Tür zu ihrem Stübchen verstellt war, und horchte einige Augenblicke. Er hörte ihre leisen Schritte.

Unwillig wandte er sich ab. Er schämte sich seiner albernen Schwäche. Eine Kinderei konnte er sich allenfalls verzeihen, eine Indiskretion nicht.

*

Was war denn nur auf einmal über ihn gekommen? Wie war es nur möglich gewesen, daß eine ganz flüchtige und oberflächliche Begegnung mit einem jungen Mädchen einen so verwirrenden Eindruck auf ihn hatte machen können?

So fragte er sich, als er sich endlich – es war gegen zwei Uhr morgens geworden – dazu entschloß, sich zur Ruhe zu begeben. Aber er fand sie nicht, die ersehnte Ruhe, und er fand auch nicht die Antwort auf die Fragen, die er beständig in sich herumwälzte. Es war wohl nur das Ungewohnte, das ihn aus der Fassung gebracht und sein inneres Gleichgewicht für den Augenblick gestört hatte. Er hatte eben nie den Besuch eines jungen Mädchens empfangen. Wer besuchte ihn denn überhaupt?

Ja, da lag's! Er machte sich Vorwürfe über seine Abschließung von aller Welt. Er hatte den dem Menschen innewohnenden Gesellschaftstrieb zu gering angeschlagen. Die Leute, die er da beim Glase Bier in den Zelten gesehen hatte, die waren alle guter Dinge miteinander. Weshalb sollte nicht auch er, wie alle anderen, mit anderen leben, mit anderen fröhlich sein? So recht jung war er wohl nie gewesen. Aber zum Sonderling fühlte er sich doch noch nicht alt genug. Und er war auch noch nicht so alt, daß er auf die Freude, ein Mensch mit Menschen zu sein, hätte zu verzichten brauchen.

Und da, in seiner nächsten Nähe, Tür an Tür, da lebte so ein junges, sonniges Wesen, das in sein Dasein Licht und Wärme bringen konnte. Und er hatte es bis zur Stunde nicht einmal geahnt! Seine Abgeschlossenheit war tadelnswert. Er war fest entschlossen, sein Leben zu ändern.

Mit diesem guten Vorsatze war er endlich eingeschlafen, und als er am andern Morgen erwachte, konnte er an nichts anderes denken, als an die geeigneten Mittel zur Verwirklichung seines Vorhabens.

Er hatte die gestern unterbrochene Arbeit zwar wieder vorgenommen, aber seine Gedanken schweiften weit ab. Er überraschte sich, daß er über eine ausgeschlagene Stunde allerlei Allotria getrieben hatte. Nicht einmal das! Er hatte nicht einmal geträumt. Er hatte einfach gedankenlos dagesessen.

Bei jedem zufälligen Geräusch im Nebenzimmer hatte er aufgehorcht, und ganz vergeblich hatte er sich über das Zwecklose und Törichte seiner Beschäftigung Vorwürfe gemacht. Denn was konnten ihn diese Laute lehren, das ihn irgendwie interessieren dürfte? Jetzt hatte es bei ihr geklopft. Es war jedenfalls die Wirtin, die das Kaffeegeschirr abtragen wollte. Jetzt war die junge Dame aufgestanden und ging in ihrer Stube umher. Ob sie ausgehen würde? Nein. Der Stuhl hatte gescharrt, und nun war alles wieder still; sie hatte sich wohl wieder an ihre Arbeit gesetzt.

Aber was ging ihn denn das alles an? So war's gewiß seit Wochen und Monaten gewesen, und er hatte es vernünftigerweise nie beachtet.

Jetzt erst machte er sich klar, daß er während der langen Stunde, die er am Pulte verbracht hatte, ohne die Seite des vor ihm aufgeschlagenen Buches zu wenden und ohne die Feder in die Tinte zu tauchen, sich in seinem Geiste unwissentlich und unablässig nur mit ihr beschäftigt hatte.

Nun ja, weshalb sollte er's sich nicht ehrlich eingestehen: er hatte den sehnlichen Wunsch, sie wiederzusehen!

Aber er konnte ihr doch nicht auflauern und eine zufällige Begegnung auf der Treppe erheucheln. Er konnte auch nicht unter irgendeinem fadenscheinigen Vorwande in ihr Stübchen eindringen. Seinem linkischen Gehabe, seinem Verlegenheitsstammeln würde sie die lächerliche Komödie ja auf der Stelle anmerken.

Und doch war sie da, nebenan! Nur eine dünne Wand trennte ihn von ihr. Die Tür war bloß verstellt. Er brauchte nur ein paar Schritte zu machen, und das törichte Verlangen seines Herzens war gestillt. Und das sollte unerreichbar sein?

Als sie sich gestern von ihm verabschiedet hatte, hatte sie in einer eigenen Weise gelächelt. Es war mehr darin gewesen als ein oberflächlicher Dank für seine unbedeutende Gefälligkeit. So schien es ihm wenigstens. Und wenn er sich nicht täuschte, – war es dann nicht unsinnig, sich abzuquälen, sich zu versagen, was schon durch den Naturtrieb geboten ist, und was auch die strengste Sitte nicht verwehrt: die Gesellschaft mit einem anmutigen jungen Wesen?

Aber was würde sie für Augen machen, und wie täppisch und ungeschickt würde er sich benehmen, wenn er so ohne weiteres mit der Tür ins Haus fallen und ihr ohne Umschweife sagen wollte: »Ich bin unruhig, zerfahren, verstimmt. Ich kann mich nicht zur Arbeit sammeln, alle meine Gedanken flattern zu Ihnen hinüber. Es würde mich beruhigen und beglücken, wenn Sie mir gestatten wollten, in Ihrer Gesellschaft zu bleiben, mit Ihnen zu plaudern – oder auch zu schweigen. Denn ich habe Ihnen eigentlich nichts Besonderes zu sagen. Ich möchte Sie eben nur sehen, nur in Ihrer Nähe bleiben ...«

Und wenn er ihr das auch sagen könnte, ohne für einen Narren gehalten zu werden, und wenn sie ihn wirklich gütig anhörte und, gegen alles Erwarten, seinen Wunsch erfüllen möchte, was würde Frau Wittig dazu sagen? Was würde die davon denken und dazu sagen, wenn sich auf einmal zwischen ihren ruhigen Mietern Beziehungen knüpfen würden, für die ihr jedes Verständnis fehlen mußte? Sie hatte ja ohnehin nichts weiter zu tun, als ihre kleine Wirtschaft zu besorgen und sich um den lieben Nächsten und allerlei Dinge zu kümmern, die sie nichts angingen.

Wie oft hatte sie ihn mit unerbetenen Mitteilungen gelangweilt, denen er nur durch sein beharrliches Schweigen ein Ziel hatte setzen können!

Eines ihrer Lieblingsthemata waren die schauerlichen Vorgänge »unten, im ersten Stock«, die Andreas vollkommen gleichgültig waren.

»Unsereinem könnte so etwas nicht passieren, Herr Professor! Man sieht sich eben seine Leute an, ehe man sie ins Haus nimmt. Natürlich, wenn man weniger penibel ist, macht man bessere Geschäfte, natürlich! Wollen Sie mir glauben, Herr Professor, da unten der junge Börsenmann zahlt für dieselbe Wohnung, die der Herr Professor hat, mehr als das Doppelte ... Und wenn er mir noch mal soviel zahlte, nicht sehen! Ist das 'ne Zucht da unten! Gestern ging's wieder auf Viere, als sie auf der Treppe rumorten. Aber lieber trocken Brot in Ehren als so was! Man hält doch auf seine Reputation!«

Als sich Andreas die Erregung der Frau Wittig vergegenwärtigte, kam es plötzlich über ihn wie eine Eingebung ...

Fräulein Kreutzer war ja Stenographin! Früher hatte sie, wie er durch eine gelegentliche Mitteilung der Frau Wittig erfahren hatte, bei einem Rechtsanwalt gearbeitet. Jetzt wurde sie von Dr. Scholl beschäftigt. Warum sollte sie nicht auch ihm gute Dienste leisten können?

Da lag ja in den verschiedenen Mappen seit Jahren aufgespeichertes, zum Teil schon gesichtetes Material, das längst der Bearbeitung harrte. Er hatte sich immer nach einem brauchbaren Sekretär umgesehen. Mit den jungen Studenten, die er ab und zu zu seiner Unterstützung herangezogen hatte, hatte er leider keine guten Erfahrungen gemacht. Aber Fräulein Kreutzer machte keine Kommerse mit, und es war nicht zu befürchten, daß sie am Morgen zu spät, verschlafen und mit schwerem Kopfe an die Arbeit gehen würde. Da lag die Sache ganz anders!

Während er so spintisierte, log er sich in den Selbstbetrug hinein, daß es eigentlich nur der unbewußte Zweckmäßigkeitstrieb gewesen sei, der in ihm die starke unerklärliche Teilnahme für Fräulein Kreutzer geweckt habe. Es war ohne Zweifel nur das instinktive Gefühl gewesen: »sie kann mir nützen«, – nichts weiter! Und um sich darüber zu beruhigen, fragte er sich, ob er wohl Ähnliches für Fräulein Kreutzer empfunden hätte, wenn sie etwa eine berühmte Sängerin oder Schauspielerin, eine gefeierte Modedame oder irgendeine andere viel begehrte Person gewesen wäre? Wie erleichtert atmete er auf, als er diese Frage mit gutem Gewissen verneinen konnte. Ein verschmitztes Lächeln umspielte seine seinen Lippen. Er hatte einen sehr schlauen Einfall gehabt. Er hatte ein einfaches, aber sicherlich wirksames Mittel gefunden, um allem unliebsamen Gerede der schwatzhaften Wirtin vorzubeugen: sie selbst mußte ihm den Vorschlag machen, Fräulein Kreutzer zu beschäftigen.

*

Er machte sich gleich ans Werk, als ihm Frau Wittig den dünnen, aber gut gemeinten Nachmittagskaffee brachte. Er hatte ein so verdrießliches Gesicht aufgesetzt, daß Frau Wittig, wie er richtig vorhergesehen hatte, ihn teilnehmend fragte, ob ihm etwas fehle.

»Nichts Besonderes, Frau Wittig«, antwortete Andreas. »Ich bin nur ärgerlich darüber, daß ich mit einer Arbeit nicht rechtzeitig fertig werden kann. Ich fürchte, daß ich meinem Verleger Unbequemlichkeiten bereite.«

»Mehr als den ganzen Tag arbeiten kann doch der Mensch nicht«, tröstete Frau Wittig. »Und der Herr Professor sind so fleißig ...«

»Ich würde ja fertig werden, wenn ich ein wenig Hilfe hätte! Aber auf meine jungen Herren Studenten kann ich mich nicht ganz verlassen. Es sind eben junge Leute!«

»Der Herr Professor haben ja so recht!« bekräftigte die Wirtin, leise seufzend. »Darauf ist kein Verlaß! Der blonde Herr, der früher manchmal zum Herrn Professor kam, das war einer! Wollen mir der Herr Professor glauben, daß er sich die Stiefel hat wichsen lassen, wenn er vormittags hier arbeiten kam? Draußen in der Küche, vom Mädchen, um zehn Uhr morgens! Er war noch nicht mal zu Hause gewesen! Um zehn Uhr morgens, am hellen, lichten Tage! Ja, die jungen Leute! ... Muß es denn partout ein Student sein?« setzte sie nach einer kurzen Pause fragend hinzu.

»Das wäre eigentlich nicht erforderlich. Er soll ja nicht selbständig arbeiten. Es handelt sich um ein Diktat. Wenn er also nicht ganz ungebildet ist, flott nachschreiben, womöglich stenographieren kann ...«

»Herr Professor!« fiel ihm die Wirtin mit leuchtenden Augen ins Wort. »Wie wär's denn mit Fräulein Kreutzer?«

Andreas empfand eine aufrichtige Freude über den glücklichen Verlauf seiner diplomatischen Umtriebe. Auf den Namen hatte er ja gewartet! Aber er wollte nun seine Rolle durchführen und stellte sich sehr überrascht.

»Fräulein Kreutzer?« wiederholte er, als höre er den Namen zum erstenmal. »Ja so! ... die Nachbarin. Richtig, die stenographiert ja.

Aber die Dame ist doch anderweitig beschäftigt, soviel ich weiß. Und es ist doch sehr fraglich, ob sie ...«

»Dafür lassen der Herr Professor mich nur sorgen!« rief Frau Wittig. Ihre freundlichen Augen leuchteten immer heller. »Ob die Lust haben wird! Sie geht ja überhaupt nur dreimal die Woche zu Dr. Scholl: Montag, Mittwoch und Freitag. Und wenn der Herr Professor das Fräulein etwas verdienen lassen können – wozu das Geld aus dem Hause tragen?«

Frau Wittig hatte da eine Frage berührt, an die Andreas noch gar nicht gedacht hatte. Sie, war ihm peinlich. Auch da konnte ihm die Wirtin vielleicht helfen.

»Da ist auch noch eine Schwierigkeit, die zu überwinden wäre. Ich habe, offen gesagt, eine gewisse Scheu, mit einer gebildeten jungen Dame von Geld zu sprechen ...«

»Aber wieso denn? Es ist doch ihr Geschäft. Der Herr Professor brauchen ihr ja nur zu sagen, daß sie dasselbe bekommen soll wie beim Dr. Scholl. Oder, wenn's dem Herrn Professor unangenehm ist, ich kann's ihr ja auch sagen.«

»Das wäre mir allerdings lieber. Aber ich bitte Sie, Frau Wittig, recht klug, recht vorsichtig! Setzen Sie die junge Dame nicht in Verlegenheit...«

»I wo werde ich denn!«

»Sie können ihr ja sagen, wie es auch tatsächlich der Fall gewesen ist, daß die ganze Sache von Ihnen ausgeht...«

»Gewiß doch!«

»Daß mir Ihr Vorschlag sehr angenehm gewesen wäre, und daß Sie nun gleich alles für den Fall ihrer Zustimmung in Ordnung hätten bringen wollen. Es würde Fräulein Kreutzer vielleicht peinlich sein, die Honorarfrage mit mir zu erledigen, und deshalb hätten Sie mich gefragt, ob ich mit den Bedingungen des Dr. Scholl einverstanden wäre? Das hätte ich einfach bejaht. Also Sie verstehen: Sie hätten Fräulein Kreutzer ein peinliches Gespräch mit mir ersparen wollen, und deshalb ...«

»Ich verstehe schon! Der Herr Professor können ganz unbesorgt sein. Delikat muß der Mensch sein. Das ist immer mein Grundsatz gewesen. Darin bin ich komisch ... Also, wenn der Herr Professor es wünschen, spreche ich gleich mit Fräulein Kreutzer ...«

»Ich danke Ihnen und bitte darum.«

Frau Wittig empfahl sich mit dem freundlichsten Lächeln. Sie war sehr stolz auf die ihr anvertraute Mission und glücklich, Fräulein Kreutzer, für die sie eine Art von mütterlicher Zuneigung empfand, einen Dienst leisten zu können. Sie kam sich sehr wichtig vor. Sie hatte einen klugen Einfall gehabt, und der Herr Professor hatte ihr gedankt. Sie ging sogleich zu Fräulein Kreutzer und entledigte sich ihres Auftrags mit Takt und Geschick.

Sabine freute sich über den Vorschlag aufrichtig und völlig unbefangen.

Es war kaum eine Viertelstunde vergangen, als Frau Wittig wieder in das Zimmer des Professors kam und ihn fragte, ob ihm Fräulein Kreutzer ihre Aufwartung machen dürfe, um das Nähere mit ihm zu besprechen.

Wenige Minuten darauf trat Sabine ein.

Sie sah reizend aus. Andreas klopfte das Herz, als er sie so vor sich sah. Er begrüßte sie etwas linkisch, schob einen Stuhl in die Nähe des Schreibtisches und bat sie, sich zu setzen.

Die Verabredung nahm nur kurze Zeit in Anspruch. Es war eigentlich überhaupt gar keine bestimmte Verabredung. Sie kamen schnell dahin überein, daß sie immer zusammen arbeiten würden, wenn Andreas Lust und Sabine Zeit hätten. Da sie Zimmer an Zimmer wohnten, konnte das ja durch Vermittelung der Wirtin ohne Schwierigkeit von Fall zu Fall bestimmt werden.

»So ist es mir weitaus am liebsten. Ich fürchte nur, daß ich, namentlich in den nächsten Tagen, überstarke Anforderungen an Sie stellen werde. Die Arbeit brennt mir auf den Nägeln, und ich werde kaum merken, wenn ich Ihnen zu viel zumute. Dann rufen Sie mich nur, bitte, ruhig zur Ordnung!«

»Darüber brauchen Sie sich nicht zu beunruhigen, Herr Professor! Für uns ist das Außergewöhnliche ja beinahe immer das Gewöhnliche; Wir werden eben nur herangeholt, wenn das Feuer auf den Nägeln brennt. Ich habe manchmal wochenlang bis tief in die Nacht hinein die Diktate des Tages übertragen müssen. Das macht mir nichts. Ich brauche wenig Schlaf.«

»Davon kann keine Rede sein!« rief Andreas. »Mit dem Übertragen hat's gar keine Eile. Da können Sie sich Zeit lassen. Wenn ich nur die Sache aus dem Kopfe habe.«

»Aber Frau Wittig sagte mir doch. Ihr Verleger...«

»Ach, der wartet! Ich wiederhole Ihnen: mit der Übertragung können Sie sich's ganz nach Ihrer Bequemlichkeit einrichten ... Und wann könnten wir denn anfangen?«

»Wann es Ihnen beliebt, Herr Professor. Meinetwegen gleich.«

»Das wäre mir das Erwünschteste«, rief Andreas freudig. »Ich will mir nur das Material ein wenig zusammenlegen. Wenn Sie also ... in einer halben Stunde etwa ... so gut sein wollen...«

»Schön, Herr Professor! In einer halben Stunde.« Mit leichtem Gruß entfernte sich Sabine.

Andreas strahlte. Er war glücklich. Er empfand ein inneres Wohlbehagen, wie er es wohl nie zuvor gekannt hatte. Von einem kleinen Tischchen, das in der Nähe seines Pultes stand, räumte er alle Bücher, Rollen, Schreibereien, die es seit Monaten und Jahren bedeckt hatten. Er wollte zunächst Frau Wittig rufen; aber es bereitete ihm ein sonderbares Vergnügen, selbst den Staub abzuwischen, der sich den prüfenden Blicken der reinigenden Frau Wirtin zu entziehen gewußt hatte und auf Schleichwegen auf die Tischplatte gedrungen war. Hätte Frau Wittig gesehen, daß er sich dabei eines ganz neuen Taschentuchs als Staublappen bediente!

Er rückte den Tisch in paralleler Richtung mit seinem Pulte an das andere Fenster und suchte das Beste, was er an Schreibmaterial besaß, hervor: Papier, Löschblatt, Bleistift, Feder, Tintenfaß, um es in möglichst gefälliger Anordnung auf dem Arbeitstischchen seines neuen Sekretärs aufzustellen. Alle diese Vorbereitungen machten ihm große Freude. Er lächelte während der ganzen Zeit und empfand, als er nach vollbrachter Arbeit die Einrichtung seines Arbeitsraumes überblickte, eine frohe Befriedigung.

Nun rief er Frau Wittig. Sie bemerkte die Veränderung auf den ersten Blick und lächelte, wie immer, wenn sie das Zimmer ihres Herrn Professors betrat.

»Ich weiß schon«, sagte sie. »Sie sind schnell einig geworden. Na, was hatte ich Ihnen gesagt, Herr Professor?«

»Ja, ja ... und ich danke Ihnen nochmals für Ihren guten Einfall und für Ihre Freundlichkeit...«

»Aber bitte, bitte, Herr Professor ...«

»Und was ich Ihnen noch sagen wollte ... Gelegentlich könnten Sie mir wohl ein paar Blumentöpfe mitbringen ...« Frau Wittig sah erstaunt auf. »Da ... für die Fenster. Es macht sich so hübsch ... Ich habe Blumen sehr gern ... so ein ganzes Zimmer wird dadurch freundlicher.«

»Davon habe ich ja keine Ahnung gehabt ... in all den Jahren«, versetzte Frau Wittig, und mit einem gelinden Vorwurf fügte sie hinzu: »Weshalb haben mir denn der Herr Professor das nicht früher gesagt?«

»Ich hab's immer vergessen ... Also, bitte, gelegentlich.«

»Heute noch, Herr Professor! Es ist jetzt die schönste Zeit! Eine Pracht!«

Sie wollte gewiß die Schönheit der Farben und des Duftes noch eingehender schildern, aber Sabine trat ein, mit einem kleinen, liniierten Hefte und zwei scharf gespitzten Bleistiften in der Hand, und Frau Wittig zog sich sogleich zurück. Sie wußte, der Herr Professor wollte arbeiten.

Sabine setzte sich an das Tischchen. Die sorgsame neue Herrichtung entging ihr nicht. Sie rückte ihren Stuhl zurecht.

»Sitzen Sie gut?«

»Sehr gut! Ich danke.«

Andreas stöberte in einer der Mappen, die er aufgeschlagen hatte, herum, entnahm ihr einige Blätter und begann zu diktieren. Er durchmaß das Zimmer die Kreuz und Quer, wand sich an den Möbeln herum, blieb manchmal stehen, um dann wieder um so schneller auf und ab zu schreiten, sprach mitunter hastig, unruhig, stockte dann wieder und machte längere Pausen, suchte in seinen Schreibereien und Büchern herum, improvisierte dann wieder geläufig und rasch, und jedesmal, wenn er Sabinen anblickte, empfand er Fröhlichkeit und herzerfreuende Frische.

Sie saß unbeweglich da an ihrem Tischchen, auch in den längeren Pausen erhob sie die Augen nicht von ihrem kleinen Hefte – es tat Andreas eigentlich leid, daß sie sein schönes Papier ordentlich beiseite geschoben hatte und ihr eigenes Schreibheft, ihre eigenen Bleistifte benutzte, – sie rührte und regte sich nicht, man hörte sie nicht. Wenn sich Andreas, der nach längerem Suchen manchmal den Zusammenhang verloren hatte, oder bei längeren Perioden aus der Konstruktion gefallen war, einige Sätze wiederholen ließ, so las sie langsam, deutlich, ohne Betonung, aber mit offenbarem Verständnis. Sie hatte bei der Arbeit eine Ruhe und einen Ernst, die Andreas anregten und entzückten.

Als er nach etwa zwei Stunden sagte:»Nun könnten wir wohl ein bißchen pausieren«, nickte Sabine, legte den Bleistift beiseite, spreizte die Finger ein wenig und bog sich auf dem Stuhls zurück. Jetzt sah sie ihn zum ersten Male wieder ruhig und freundlich an.

»Es muß ein ganz anständiges Quantum geworden sein!« sagte er, während er an ihr Tischchen herantrat.

»O ja!« erwiderte Sabine lächelnd. »Es ist sehr gut gegangen.« Sie blätterte die mit den feinen stenographischen Schriftzeichen bedeckten Seiten langsam zurück. In freundlicher Überraschung und kopfschüttelnd folgte er der Bewegung ihrer hübschen weißen Finger, wie sie Blatt um Blatt umschlugen. Er erinnerte sich nicht, jemals in so kurzer Zeit so viel gefördert zu haben. Er sagte ihr das in seiner gewinnenden Ehrlichkeit, und sie schien sich darüber sehr zu freuen. Er machte ihr Komplimente über ihre sehr diskrete Haltung während der Arbeit, die wesentlich dazu beigetragen habe, daß es ihm so leicht von der Hand gegangen sei. Sie gerieten ins Plaudern, und die Pause wurde länger, als sie beide gedacht hatten. Daß es inzwischen dämmerig geworden war, merkten sie erst, als sie die Arbeit wieder aufnehmen wollten.

»Nun verlohnt's wohl nicht mehr der Mühe«, sagte Andreas. »Wir können ja kaum noch sehen. Und wir wollen die erste Sitzung doch nicht bis ins Unendliche verlängern.«

Es wäre ihm eigentlich ganz erwünscht gewesen, wenn Sabine Einspruch dagegen erhoben hätte. Aber sie klappte ahnungslos ihr Heft zu und erhob sich.

»Wann wünschen Sie, daß ich wiederkomme?«

»So bald wie möglich! Morgen, wenn es Ihre Zeit erlaubt.«

»Morgen ist Mittwoch. Von drei bis sechs habe ich bei Herrn Dr. Scholl zu tun. Die Übertragung brauche ich erst am Freitag nachmittag abzugeben. Ich stehe also morgen vormittag und, wenn Sie wünschen, auch von sieben Uhr abends an, und am Donnerstag den ganzen Tag zur Verfügung, – wenn Sie sich mit der Übertragung in Kurrentschrift gedulden können.«

»Also morgen um zehn Uhr, wenn ich bitten darf.«

Als ihr Andreas bei der Verabschiedung unwillkürlich die Hand entgegenstreckte, – es war ihm so gemütlich zumute, als sei ihm Sabine keine Fremde mehr, – machte sie eine leichte Bewegung der Überraschung, aber sie schlug unbefangen ein. »Ein reizendes Mädchen«, sagte Andreas leise vor sich hin, als sie die Tür hinter sich geschlossen hatte ...

Als Sabine am nächsten Morgen an ihrem Tischchen Platz nahm, standen auf dem Fensterbrett neben ihr frisch aufgeblühte Levkojen und duftende Hyazinthen. Sie warf einen fragenden Blick auf Andreas, den er sehr wohl bemerkte. Beide fühlten eine gewisse Befangenheit.

»Eine Aufmerksamkeit der Frau Wittig!« sagte er, als ob er sich gewissermaßen zu entschuldigen habe, und kramte in seinen Papieren, während sich Sabine zu den Blumen neigte und den süßen Duft des Frühlings einzog.

*

Die Verbindung, die unter so angenehmen Bedingungen zwischen den beiden eingeleitet worden war, gestaltete sich von Tag zu Tag freundlicher. Andreas hatte nie eine bessere Hilfe gehabt, nie so leicht, sicher und schnell gearbeitet, und nie mit solcher Lust und Liebe wie jetzt.

Jedesmal, wenn er sie da am Tischchen sitzen sah, in ihrem schlichten, graublauen Kleide, das die zarten Formen ihrer mädchenhaften Gestalt knapp umspannte, den runden Kopf mit den vollen blonden Haaren ein wenig gesenkt, die Augen unverwandt auf das Papier gerichtet, die Lippen halb geöffnet, – wenn er sie so vor sich sah, so still und ernst, und dabei so jung und anmutig und erfrischend, lachte ihm das Herz im Leibe. Ihre Nähe gewährte ihm eine nie gekannte Anregung. Kombinationen und Verknüpfungen, die er bisher nur dunkel geahnt, boten sich ihm in lichter Gliederung wie von selbst dar, und der richtige, scharfe Ausdruck, nach dem er früher so oft und so lange tastend hatte suchen müssen, stellte sich mühelos und willig ein.

Seine Arbeit machte so schnelle und glückliche Fortschritte, daß er selbst darüber erstaunte. Er hatte ein Gefühl der vollen Befriedigung,, wenn er, sich den Kopf zerbrechend, in dem kleinen Zimmer auf und ab lief und mit unwillkürlichen Bewegungen, in eigentümlichen Betonungen, die Ergebnisse seines Nachsinnens bald in nervösem Stakkato hervorstieß, bald in merkwürdigem Singsang psalmodierte. Kein anderer hätte ihn belauschen dürfen. Er wäre sich lächerlich vorgekommen. Im Alleinsein konnte er sich zwanglos frei geben, wie's ihm gerade zumute war. Und er war allein. Das ruhige, junge Mädchen am Blumenfenster war kein fremder Zeuge. Es war ein Stück von ihm selbst, seine eigene Hand; es war nur eine Blume mehr im Zimmer, ebenso still und anmutig wie die am Fenster.

Und wenn er sich und ihr nach starker Anstrengung einige Erholung gönnen mußte, wie reizend wurde da geplaudert! Von allem möglichen.

Ohne daß von der einen oder anderen Seite irgendeine lästig neugierige Frage gestellt worden wäre, hatte es sich von selbst gemacht, daß sie nach einiger Zeit manches von ihren früheren Lebensschicksalen voneinander wußten.

Sie hatten viel Gemeinsames. Auch Sabine war eine Holsteinerin, auch ihr Vater war Pastor. Die Väter hatten sich gewiß gekannt. Aber ihre Vermögensverhältnisse waren lange nicht so günstig wie die des Professors, der als einziger Sohn und Erbe eines ziemlich wohlhabenden Mannes Entbehrungen und Geldsorgen nie gekannt hatte. Sabine hatte sechs Geschwister. Ihre älteste Schwester war mit einem Gymnasiallehrer verheiratet, ihr älterer Bruder hatte soeben sein Referendarexamen bestanden, ihre jüngere Schwester war seit einem halben Jahre Gouvernante in England, und die drei jüngsten Geschwister im Alter von zwölf bis sechzehn Jahren waren noch im elterlichen Hause. Da ging es natürlich recht knapp her. Der Pastor Kreutzer mußte für sich und die Seinen mit seinem spärlichen Gehalte auskommen, und die haushälterische Frau Pastorin mußte sich oft den Kopf zerbrechen, wie sie das Kunststück, das Budget ohne Unterbilanz abzuschließen, fertig bringen werde.

So war denn Sabine, die sich zu Hause eine große Fertigkeit im Stenographieren angeeignet hatte, als achtzehnjähriges Mädchen vor drei Jahren nach Berlin gekommen, und seitdem hatte sie die Unterstützung von zu Hause fast gar nicht mehr in Anspruch zu nehmen brauchen. Sie hatte sogar ihrem ältesten Bruder, den sie besonders in ihr Herz geschlossen hatte, von Zeit zu Zeit kleinere Beträge heimlich zusenden können und alle ihre Geschwister zu Geburtstagen und zu Weihnachten beschenkt. Manchmal beschlich sie wohl eine heimwehliche Regung: sie sehnte sich nach dem gemütlichen Pfarrhause mit dem langen Tisch, der ringsum voll besetzt war, und auf dem schließlich noch immer genug stand, um alle satt zu machen, obwohl namentlich die drei Jüngsten einen beunruhigenden Appetit entwickelten. Für ihr Leben gern wäre sie wieder einmal mit ihrem ältesten Bruder zusammen gewesen. Aber das ließ sich nun einmal nicht machen. Sie war vernünftig und eigentlich immer guter Laune.

Im Letteverein hatte sie sich mit einigen sympathischen Damen, wenn auch nicht intim, so doch genügend angefreundet, um mit ihnen gelegentlich einmal ein paar Stunden zu verbringen. An jedem Sonntag aber war sie regelmäßig zu Gast bei ihrem Onkel, dem Oberlehrer Dr. Kreutzer.

Das waren nun eigentlich keine Erholungsstunden. Der Oberlehrer war ein verdrießlicher alter Herr, und die Frau Professor, wie sie vorgreiflich allgemein genannt wurde, klagte unausgesetzt über die Unruhe im Hause, die Verderbtheit der Großstadt, die unerschwinglichen Fleischpreise, den Staub im Sommer, den Schnee im Winter und die Undankbarkeit der Kinder. Ihr einziger Sohn hatte den Eltern allerdings wenig Freude bereitet und trieb sich seit zehn Jahren in Texas herum. Er schrieb ungefähr alle halbe Jahr, um seinen Eltern anzuzeigen, daß er im Begriff stehe, ein steinreicher Mann zu werden, aber augenblicklich – ganz gewiß zum letztenmal! – um eine größere Unterstützung bitten müsse. Mitunter kamen an diesen Sonntagsabenden noch zwei ältere Herren zum Onkel. Dann spielten die drei Skat, und Frau Professor klagte alsdann Sabinen gegenüber um so heftiger über die Lieblosigkeit der Menschen im allgemeinen und der skatspielenden Ehemänner insbesondere. Sabine wollte es sich nicht gern eingestehen, daß sie sich bei ihren Verwandten eigentlich herzlich langweilte. Sie machte es sich zur Pflicht, jeden Sonntag nachmittag pünktlich fünf Uhr beim Bruder ihres Vaters zu erscheinen, aber sie war immer froh, wenn die Tante durch ein ausdrucksvolles Gähnen zu verstehen gab, daß nun auch dieser schöne Tag seinem Ende zuneige. Dann erhob sie sich schnell und freute sich wirklich, wenn sie wieder zu Hause war.

Sie arbeitete gern, und wenn sie nichts zu tun hatte, amüsierte sie sich königlich über Frau Wittig. Die äußerlich ernst und ruhig wirkende Sabine war eigentlich ein ganz übermütiges Geschöpf. Es machte ihr ein unsagbares Vergnügen, die Leute ein bißchen aufzuziehen, ohne daß sie es merkten, und die kinderlose, leidlich einfältige und sehr mitteilsame Witwe war für sie eine unerschöpfliche Quelle innerer Belustigung. Sabine kannte das Repertoire der Wirtin ganz genau, und sie brauchte nur auf den Knopf zu drücken, um sich die beliebtesten Nummern von der ahnungslosen braven Frau vorspielen zu lassen: eigene Erlebnisse und allgemeine Begebenheiten, ihre Verlobung am Pfingstsonntag in der Hasenheide, der blutige Streit mit ihrem Hauswirt in der Philippstraße, ihr bloß durch die Dämlichkeit des Kondukteurs verursachter Sturz von der Elektrischen, bei dem sie sich Hals und Beine hätte brechen können, aber zum Glück mit dem bloßen Schreck davongekommen war, ihre

Vernehmung als Zeugin vor Gericht in einem Prozesse gegen einen berüchtigten und gewalttätigen Einbrecher, der auch bei ihr einen verbrecherischen Versuch gemacht hatte, dank ihrer Geistesgegenwart aber unverrichteter Sache hatte flüchten müssen, die Wirkung der Siegesnachricht von Sedan und das lebensgefährliche Gedränge am Abend der Illumination, der Einzug der Truppen, die Eröffnung der Gewerbeausstellung usw.

Wenn Sabine nichts Besseres vor hatte, rief sie unter einem beliebigen Vorwande Frau Wittig und ließ sich mit ihr in ein Gespräch ein. Das machte keine Schwierigkeiten. Sabine freute sich schon vorher darauf, nach eigener Auswahl die von ihr ausersehene Erzählung zu hören. Sie brauchte bloß arglistig den Köder auszuwerfen, dann biß die gute Frau unweigerlich an.

»Wissen Sie, Frau Wittig, es ist doch wohl eigentlich unvorsichtig, daß ich am Abend die Tür bloß verriegle. Ich werde lieber noch den Tisch vorrücken. Man hört so viel von Einbrechern und Totschlägern. Neulich soll hier wieder in der Nähe eingebrochen sein.«

»Seien Sie ganz unbesorgt, liebes Fräulein. Bei mir kann Ihnen nichts passieren. Ich habe Ohren wie ein Luchs. Daß sich hier in Berlin viel Gesindel herumtreibt, das stimmt. Aber uns kann kein Mensch was anhaben. Lassen Sie sich bloß erzählen, was mir im Jahre 1873 zugestoßen ist; im Oktober.«

Sabine war vollkommen glücklich: nun hatte sie die Wirtin dahin gebracht, wo sie sie haben wollte, und sie hörte nun zum soundsovielten Male mit boshaft erheuchelter Andacht die Schreckensgeschichte von dem beinahe geglückten Einbruch. Mit dem Ausdruck der gespanntesten Teilnahme, mit täuschend ehrlichen Gebärden und Lauten des Erstaunens folgte sie dem wortreichen Berichte in allen ihr wohlbekannten Einzelheiten und hing an ihren Lippen, während Frau Wittig ihr breitbeinig gegenübersaß und während der Erzählung mit ihren runden, vollen, appetitlichen Händen in gleichmäßig streichenden Bewegungen die weiße Schürze glättete und ihr Oberkörper langsam auf und nieder pendelte.

In dieser harmlosen Vergnügung war Sabine von grausamer Unersättlichkeit. Sie wurde immer kecker und wagte es sogar, mitunter die Wiederholungen derselben Geschichte in unerlaubt kurzen Zwischenräumen zu provozieren, so daß manchmal Frau Wittig doch ein bißchen stutzig wurde und zweifelnd fragte: »Sollte ich Ihnen denn das noch nicht erzählt haben, was mir mit dem Einbrecher passiert ist?«

»Mir erzählt?« wiederholte Sabine und sah dabei so treuherzig unwissend aus, daß auch ein Klügerer sich hätte täuschen lassen können. »Von einem Einbrecher? Ich verstehe Sie nicht!«

»Dann lassen Sie sich also erzählen«, sagte Frau Wittig, setzte sich, glättete ihre Schürze und begann: »Also im Jahre 1873 war's, im Herbste, so um den Oktober herum ...« Und nun folgte der aufregende Bericht.

Frau Wittig hatte nie eine so aufmerksame Zuhörerin gehabt. Sie hatte für Sabinen eine zärtliche Zuneigung gefaßt, und Sabine war der lieben Frau für die nie versagende Unterhaltung dankbar. Das Verhältnis zwischen den beiden war also sehr nett, und Frau Wittig dankte dem Himmel, daß er ihr so liebe gute Mieter beschieden hatte: den Herrn Professor, den sie wahrhaft verehrte, Fräulein Kreutzer, die eine so feine Dame war, und mit der man sich so gut unterhalten konnte. Wenn Frau Wittig allein etwas erzählen konnte, so nannte sie das: sich unterhalten.

Und nun hatten die jungen Herrschaften Bekanntschaft miteinander gemacht und arbeiteten so hübsch zusammen, so fleißig, so ruhig ... gab es in ganz Berlin eine solche Gemütlichkeit wie hier im Zweiten Stock des gelben Hauses in der Mittelstraße, und eine glücklichere Vermieterin als sie, die verwitwete Frau Steuerinspektorin Christine Wittig, geborene Lemcke?

So waren nun schon einige Wochen vergangen. Der Frühling hatte sich zu voller Pracht entfaltet, der Flieder blühte, und die schönen Bäume des Tiergartens leuchteten im jungen Grün.

In Andreas hatte sich eine starke Wandlung vollzogen. Auch seine frühere Lebensweise hatte er verändert. Die über alles Erwarten schnelle Förderung seiner Arbeit ging doch nicht spurlos an ihm vorüber. Wenn er vier, fünf Stunden Sabinen angestrengt diktiert hatte, so war seine Arbeitsfähigkeit für den Tag ungefähr erschöpft. Dann war es ihm nicht mehr möglich, wie früher, abends bei der Lampe noch fünf, sechs Stunden an seinem Pulte zu sitzen. So verkürzte sich denn die Dauer seiner Arbeitszeit sehr beträchtlich, obwohl er in der Hälfte der Zeit mehr als das Doppelte seines früheren Pensums leistete; und für die Stunden, die er auf diese Weise gewann, fand er nun eine ihm bisher ganz ungewohnte Verwendung. Er ging spazieren, er verabredete sich auch mit Kollegen, die über die an ihm plötzlich wahrgenommene Geselligkeit höchlich, aber angenehm verwundert waren, er ging auch einigemal ins Theater, – ein Vergnügen, das er sich seither kaum einmal im Jahre gegönnt hatte, – er legte sich früher schlafen.

Diese neue und viel vernünftigere Einrichtung seines Lebens schien ihm sehr gut zu bekommen. Es fiel allen auf, wie frisch er aussah. Er hielt sich auch besser. Er war wirklich seelenvergnügt. Für Sabinen empfand er eine rührende, dankerfüllte Zärtlichkeit. Wenn er sie an seinem Fenster sitzen sah, war er ganz glücklich.

Aber wie sich draußen in den himmlischen Rausch von Farbe und Duft manchmal das häßliche trübe Grau kalter regnerischer Tage einschlich, so huschten auch über den sonnigen Lenz seines neuen Daseins garstige Schatten.

Er fühlte mitunter, wenn er allem war, eine merkwürdig quälende Beunruhigung, für die er zunächst keine rechte Erklärung finden konnte. Aber allmählich mußte es ihm doch auffallen, daß sich diese unbegreifliche Mißstimmung mit einer gewissen Regelmäßigkeit einstellte. Und zwar gerade immer an den Nachmittagen, an denen Sabine bei Dr. Scholl beschäftigt war. Das verdroß ihn, er wußte selbst nicht recht, weshalb. Der hätte sich doch auch einen anderen Sekretär suchen können!

Mißmutig blickte er auf den leeren Stuhl am Fenster. Ihm schien, als sei er gerade jetzt besser zum Arbeiten aufgelegt denn je, als habe ihm Sabine nie so gefehlt wie in diesem Augenblicke. Weshalb ihm gerade dieser kostbare Nachmittag entzogen werden mußte!

Nun ward ihm auch klar, weshalb ihm dieser Dr. Scholl gerade in jüngster Zeit instinktiv antipathisch geworden war. Er hatte ihn mehrfach angetroffen, vor und in der Universität. Er hatte es immer zu vermeiden gewußt, mit ihm ein Wort zu wechseln. Es hatte ihn sogar verdrossen, daß er den artigen Gruß seines früheren Schülers hatte erwidern müssen; Scholl machte ihm ja Sabinen abspenstig, deren Eigenschaften er sicherlich nicht nach Gebühr zu würdigen wisse.

An einem der nächsten Tage fragte Andreas in einer der Erholungspausen, die sie mit allerlei Geplauder ausfüllten: »Weiß Dr. Scholl, daß wir zusammen arbeiten?«

Die einfache Frage schien auf Sabinen einen besonderen Eindruck zu machen. Sie hob den Kopf auf, öffnete ihre Augen weiter als gewöhnlich, und ein flüchtiges Rot bedeckte ihre Wangen. In einem Tone, der ihm fremd klang, sagte sie nach einigen Augenblicken, mit einer gewissen Befangenheit: »Wieso?«

»Mein Gott, ich frage nur ... wie man eben fragt«, antwortete Andreas, der nun auch etwas verlegen geworden war.

»Ich habe keine Veranlassung gehabt, es ihm zu sagen.«

Ihre Stimme hatte etwas Kaltes, Abweisendes, das Andreas peinlich berührte.

Er fühlte das Bedürfnis, sich wegen seiner ungewollten Indiskretion zu entschuldigen. Sabine entgegnete zwar, daß von einer Indiskretion gar nicht die Rede sein könne, und daß sie nichts zu entschuldigen habe, aber Andreas fühlte doch ganz deutlich, daß nun ein kühlerer Hauch zwischen ihnen wehte.

Das Gespräch stockte. Er durchmaß, seiner Gewohnheit gemäß, einigemal das Zimmer, nahm dann seine Notizen zur Hand und diktierte weiter. Aber er brach früher ab als sonst. Es wollte nicht mehr recht gehen ...

Mit demselben freundlichen Gruß und Händedruck wie immer verließ Sabine das Zimmer.

Er hatte schon öfter an ihr ähnliche Momente bemerkt. Sie war ihm so lieb geworden! Er fühlte sich zu ihr hingezogen, und manchmal regte sich in ihm das Bedürfnis, ihr ein intimeres, herzlicheres Wort zu sagen. Aber als ob sie es vorahne, nahm dann ihr gewöhnlich so fröhliches Gesicht wie mit einem Schlage einen kälteren, geschäftsmäßigen Ausdruck an, der jeder vertraulicheren Annäherung wehrte. Gleich darauf jedoch, sobald Andreas, der sehr feinfühlig war, dem Gespräch eine andere Wendung gab, war sie wieder ganz die Alte – heiter, harmlos, unbefangen und wahrhaft liebenswürdig.

Er glaubte Sabinen ziemlich genau zu kennen, aber diese stumme Abwehr, dieses scheue Zurückweichen – dieser Stimmungswechsel war in dem Exempel, das er sich von ihr machte, ein unauflöslicher Rest. Denn er hatte das ihn beglückende Bewußtsein, daß ihr nicht nur ihre Beschäftigung bei ihm, sondern daß ihr auch seine Gesellschaft angenehm, daß er ihr wirklich sympathisch war. Er war sicher, daß er sich in dieser Voraussetzung nicht täuschte.

Und das war doch die Hauptsache! Und dabei mochte es denn in Gottes Namen fürs erste sein Bewenden haben. Mit der Zeit werde sich alles schon machen, – so machen, wie er's im Innern seines Herzens wünschte, sich's aber selbst noch nicht recht zu gestehen wagte.

»Fürs erste« und »mit der Zeit«, – das war seine ruhige Zuversicht. An ein Ende dachte er gar nicht. Er glaubte, eine Ewigkeit vor sich zu haben.

Deshalb läuterte sich auch das dunkle Verlangen, das ihn schon am ersten Tage der Begegnung mit Sabinen erfüllt hatte, nicht zu klarer Erkenntnis. Deshalb fühlte er auch keine Nötigung, einen raschen Entschluß zu fassen. Er hatte ja Zeit! Fürs erste war es Glücks genug, daß er mit Sabinen so verkehren, so arbeiten konnte, wie in diesen letzten seligsten Wochen seines Lebens ...

Und nun war auf einmal das Unerwartete gekommen! Wenn nicht das Ende, – daran mochte er nicht denken! das war für ihn überhaupt unfaßbar! – aber doch ein vorläufiger Abschluß ...

Da lag sie vor ihm, die Depesche aus Konstantinopel, klar und unzweideutig. Er las sie noch einmal durch. Zum vierten Male in einer halben Stunde!

Da stand es deutlich zu lesen:

»Beirut, 29. April. Wollen Sie an meinen Ausgrabungen in Sidon teilnehmen? Falls Zusage, baldigste Abreise erwünscht. Erbitte Drahtantwort. Deutsches Generalkonsulat Beirut.

Hamdy Bey.«

Das Herz hatte ihm stürmisch geklopft, und seine Hände hatten vor freudiger Erregung gezittert, als er den Inhalt dieser überraschenden Botschaft zu fassen imstande gewesen war. Nun war ihm ja der Weg erschlossen, der ihn zum heißersehnten Ziele aller seiner Wünsche führen sollte! Wie konnte sein edler Gönner nur fragen, ob er dieses Anerbieten annehmen wolle? ...

Auf einmal aber schoß ihm eine heiße Flutwelle zu Kopfe: Sabine!

Er ging unruhig im Zimmer auf und ab.

Da lagen sie, all die Kollektaneen, Exzerpte, Notizen und Skizzen ... nun konnten sie lange liegen bleiben! Die große Arbeit, die in diesen letzten Wochen so leicht und schnell und gut vorgeschritten war, – jetzt, da er so recht im Zuge war, mußte er sie jäh abbrechen. Wann würde er sie überhaupt wieder aufnehmen können ...

Und sein Kolleg für das kommende Semester! Gerade die angekündigten Vorlesungen lagen ihm am Herzen und schienen nach allen Anzeichen auch bei seinen Hörern ein besonders starkes Interesse zu erwecken. Nun mußte er sie absagen.

Er versäumte wirklich nicht wenig! ...

Und die lästigen Scherereien ... Audienz beim Minister, Gesuch um einen längeren Urlaub ... und die Abreise so plötzlich, so überstürzt!...

Aber das alles war es ja eigentlich nicht, was in ihm den Widerstreit der Empfindungen: die Freude über den ihm gemachten Antrag und das Unbehagen, sich jetzt auf unbestimmte Zeit von Berlin zu trennen, hervorrief.

Von Berlin? Von Sabinen!

Sie hatte nach seinen bestimmten Zusicherungen darauf rechnen müssen, daß sie noch auf Monate, zum mindesten auf Monate hinaus von ihm beschäftigt werden würde. Sie hatte sich gewiß darauf eingerichtet und seinetwegen vielleicht anderweitige Anerbietungen von der Hand gewiesen. Seine unerwartete Abreise schädigte sie materiell, und er durfte es nicht wagen, ihr in irgendeiner Form eine Entschädigung anzubieten, die ihren Stolz hätte verletzen müssen ...

Aber auch das war es eigentlich nicht, was ihm den Abschied erschwerte!

Wenn er sich ganz ehrlich prüfte, dachte er doch nur an sich selbst. Er war ja nie so froh gewesen und hatte nie so wahrhaft behagliche Stunden verbracht wie in diesen letzten Wochen. Sabine war ihm so unsagbar sympathisch geworden; ihre Gegenwart war für ihn eine stete Erfrischung und Anregung. Und nun sollte er sie nicht mehr da am Fenster mit den Blumen sitzen sehen, in ihrem graublauen Kleidchen, mit den schönen blonden Flechten, die in einem tiefsitzenden Knoten aufgenommen waren, – so wie er sie in diesem lieblichsten Frühling täglich gesehen hatte, stundenlang!

Es war ja vielleicht noch etwas Schlimmeres als eine Trennung auf lange Zeit. Vielleicht war es ein Abschied auf ewig! ...

Wer konnte ihm denn verbürgen, daß er sie bei seiner Heimkehr hier wiederfinden würde? Vielleicht war sie umgezogen. Vielleicht hatte sie inzwischen eine feste Stellung gefunden, – sie hatte ihn schon einmal durch eine gelegentliche Andeutung der Art beunruhigt. Es war ja auch nicht ausgeschlossen, daß Dr. Scholl mit der Zeit ihn verdrängte. Er mußte es ruhig über sich ergehen lassen. Er hatte ihr keine Vorschriften zu machen. Sie brauchte nicht auf ihn zu warten und konnte frei über sich verfügen, ohne die geringste Rücksicht auf ihn zu nehmen. Sie war ja frei, ungebunden!

Nein, das sollte sie nicht sein! Aber wie sie binden? ...

Am unerträglichsten war ihm sonderbarerweise die Vorstellung, daß Dr. Scholl bei Sabinen das Terrain gewinnen könne, das er aufzugeben gezwungen war. Jedem andern hätte er die Rechte, die er an Sabinen erworben zu haben vermeinte, eher gegönnt als gerade diesem Dr. Scholl, der ihm – er wußte selbst nicht, weshalb – unausstehlich geworden war. Für den Salon besaß ja dieser junge Herr gewiß sehr bestechende Eigenschaften. Er war ein hübscher Mensch, das ließ sich nicht leugnen. Er legte Wert auf seine äußere Erscheinung, kleidete sich elegant, hatte ein wohllautendes Organ und besaß eine große Redegewandtheit. Er hatte auch Talent; auch das mußte man zugeben. Es wäre gar nicht zu verwundern, wenn sich ein unerfahrenes junges Mädchen durch diese glänzenden Gaben blenden ließe ...

Was hatte Andreas nur an Dr. Scholl, der allgemein beliebt war, auszusetzen? In Wahrheit doch nichts anderes, als daß er befürchten durfte, Sabine möchte an dem jungen Gelehrten mehr Gefallen finden, als ihm lieb war. Es war Eifersucht, die keinen festen Boden braucht, um Wurzel zu schlagen, und in der Luft üppig weiterwuchert.

Eifersucht? Dann also auch Liebe?

Nun ja! Er liebte sie, ehrlich und von ganzem Herzen. Es hatte lange genug gedauert, bis er sich's zu gestehen gewagt hatte. Sie sollte nicht länger frei und ungebunden sein! Sein Entschluß stand fest.

Er wollte mit ihr sprechen, und auf der Stelle.

Durch Frau Wittig ließ er Fräulein Kreutzer bitten, wenn ihre Zeit es erlaube, womöglich gleich zu ihm zu kommen, er habe ihr eine wichtige Mitteilung zu machen.

Nach wenigen Minuten trat Sabine ein, wie gewöhnlich in der Hand das kleine blaue Heft und zwei scharf gespitzte Bleistifte.

Andreas mußte bei diesem Anblick wehmütig lächeln und trat ihr entgegen, als sie ihren gewohnten Platz am Fenster einzunehmen sich anschickte.

»Nein, Fräulein Kreutzer, aus dem Diktieren wird heute nichts werden ... und morgen auch nicht ... und in den nächsten Wochen und Monaten auch nicht ... Bitte, setzen Sie sich ... hier ... zu mir.« Er wies ihr einen Stuhl an, den er in die Nähe seines Pultes gestellt hatte.

Sabine war durch die Worte des Professors in äußerstes Erstaunen versetzt worden. Sie schien deren Sinn im ersten Augenblick gar nicht zu fassen und sah ihn zweifelnd an. Dann setzte sie sich zögernd.

»Ich muß mit dem Anfang anfangen«, sagte er. »Da Sie zufälligerweise viel mit Archäologen zu tun gehabt haben, ist Ihnen vielleicht schon zu Ohren gekommen, daß seit einer Reihe von Jahren in der wissenschaftlichen Welt lebhaft dafür agitiert wird, die türkische Regierung dazu zu bestimmen, an den Küstenstrichen Syriens Ausgrabungen vornehmen zu lassen. Mit annähernder Sicherheit ist vorauszusetzen, daß da Schätze von unberechenbarem Werte verscharrt liegen. Ich selbst habe in einem halben Dutzend Artikel auf die Notwendigkeit hingewiesen, das Gebiet zwischen dem Libanon und dem Meer genau zu durchsuchen. Aber alle unsere Bemühungen sind bis jetzt an der strafbaren Indolenz der türkischen Regierung gescheitert. Der Beharrlichkeit des ausgezeichneten Direktors der türkischen Museen, Hamdy Bey, ist es nun endlich gelungen, seine Regierung für die Wünsche der Wissenschaft geneigt zu stimmen. Als ich vor einigen Jahren Hamdy Bey in Konstantinopel kennen zu lernen die Ehre hatte, versprach er mir, wenn er etwas erreichen würde, mich zu den Ausgrabungsarbeiten heranzuziehen. Die Geschichte verschleppte sich aber so, daß ich die Hoffnung, den heißesten Wunsch meines Lebens erfüllt zu sehen, schon beinahe aufgegeben hatte. Da erhalte ich eben ... vor einer Stunde ... diese Depesche.« Er reichte sie Sabinen. »Bitte, lesen Sie nur!«

Sabine, die sehr aufmerksam zugehört hatte, nahm das Blatt und las es. Mit dem Ausdruck ehrlicher und unbefangener Freude gab sie es ihm zurück und sagte mit herzlichem Tone: »Da gratuliere ich Ihnen aufrichtig! Das ist ja wundervoll!«

Andreas wußte nicht recht, ob ihn die Glückwünsche erfreuten oder kränkten.

»Ja, es ist allerdings ein unerwartetes und großes Glück«, sagte er. »Aber ich gehe doch nicht leichten Herzens von hier fort ... gerade in diesem Augenblick.«

»Es gehört ja natürlich immer ein gewisser Entschluß dazu,« erwiderte Sabine, »auf unbestimmte Zeit die Heimat, die gewohnte Umgebung und Beschäftigung aufzugeben, aus einem liebgewordenen Kreise zu scheiden. Aber ich sollte meinen, das alles müßte doch weit zurücktreten, wenn sich so etwas Außerordentliches darbietet wie dies Anerbieten zum Beispiel. Das kann doch für Ihre ganze Zukunft entscheidend werden. Und welche Freuden stehen Ihnen bevor! Ich kann mir gar nicht denken, daß die Ihnen durch irgend etwas anderes ersetzt werden könnten. Und wer weiß, vielleicht finden Sie noch mehr als Freuden und Genugtuung, – Ruhm!«

»Ach, Ruhm!« entgegnete Andreas mit einem rührend kindlichen Lächeln. »So hoch will ich gar nicht hinaus. Und daran habe ich wirklich nie gedacht. Glauben Sie mir: Ruhm würde mich nie für das entschädigen können, was ich hier aufgebe, j e t z t a u f g e b e.« Er betonte die Worte mit einer gewissen Absichtlichkeit und sah sie prüfend an.

»Das überschätzen Sie, glaube ich«, antwortete Sabine ruhig und freundlich. »Wenn Sie erst in voller Tätigkeit sind, in einer völlig veränderten Umgebung, dann wird Ihnen gewiß manches, das Ihnen jetzt wichtig erscheint, recht unbedeutend vorkommen, und manches, das Sie jetzt für unentbehrlich halten, werden Sie kaum vermissen.«

»Glauben Sie das nicht!« entgegnete Andreas mit mehr Eifer, als er sonst zu zeigen pflegte. Sie sah ihn ruhig lächelnd an. »Fräulein Kreutzer!« sagte er nach einer kleinen Pause. Er räusperte sich ein wenig und schien gewissermaßen einen Anlauf zu einer längeren Rede nehmen zu wollen. Sie sah ihn noch immer ruhig an, aber sie lächelte nicht mehr. »Als ich Sie vorhin um Ihren Besuch bitten ließ, hatte ich die Absicht, Ihnen eine Mitteilung zu machen, zu der alles, was ich Ihnen eben gesagt habe, eigentlich nur als Einleitung dienen sollte.«

Sie lehnte sich ein wenig zurück und bemühte sich wiederum zu lächeln. Aber es hatte etwas Erzwungenes, und auch ihre Stimme klang anders als gewöhnlich, als sie einfiel: »Machen Sie es nur nicht gar zu feierlich, Herr Professor!«

»Wenn ich etwas sage, was Ihnen mißfällt, so seien Sie nachsichtig! Ich bin im Ausdruck mitunter recht unbeholfen – und namentlich, wenn's darauf ankommt.«

»So geht's mir gerade«, unterbrach sie ihn. Und mit einer Gewandtheit, die Andreas überraschte, fuhr sie fort: »Und deshalb habe ich mich, wenn es sich für mich um irgend etwas Wichtiges handelte, auch nie auf meine Fertigkeit mit dem gesprochenen Wort verlassen. Ich habe in dem Falle immer lieber geschrieben. Es ist weitläufiger, aber sicherer. Auf eine unerwartete Frage gibt man so leicht eine Antwort, die man nachher bereut.«

»Ich werde Ihnen schreiben«, versetzte Andreas kurz entschlossen. Er atmete auf, als sei er von einer schweren Last erleichtert. Etwas kleinlaut setzte er hinzu: »Werden Sie mir antworten? Ich lasse Ihnen Bedenkzeit! ... Werden Sie mir antworten?« wiederholte er.

»Wie können Sie daran zweifeln?« gab Sabine zurück. Sie hatte nun ihr anmutiges Lächeln wiedergewonnen. »Sie werden voraussichtlich schon in den nächsten Tagen abreisen?«

»So bald wie irgend möglich! Mehr weiß ich selbst noch nicht! Ich muß mich sogleich im Reisebureau erkundigen, wann und von wo das nächste Schiff nach der syrischen Küste abfährt. Es kann gleich sein, es kann unter Umständen noch ein paar Wochen dauern ...«

»Aber wir sehen uns doch jedenfalls noch öfter? ... Ich will Ihnen nochmals von Herzen alles Glück wünschen. Und danken will ich Ihnen, Herr Professor ...«

»Beschämen Sie mich doch nicht!« fiel Andreas ein.

»Sie sind immer so gut zu mir gewesen! Ich danke Ihnen!«

Zum erstenmal reichte s i e ihm die Hand. Andreas war betroffen und gerührt. Er konnte kein Wort hervorbringen. Er drückte ihre Hand so fest, daß es ihr etwas weh tat. Sie biß sich auf die Unterlippe. Dann lächelte sie wieder, erwiderte den Druck schlicht und herzlich wie eine Freundin und ging ...

Die Auskunft des Reisebureaus zwang Andreas, seine Abreise aufs äußerste zu beschleunigen, wenn er nicht einen vollen Monat verlieren wollte.

Am andern Tage konnte Andreas seinem Gönner Hamdy Bey das Datum seiner Einschiffung in Triest und den Tag seiner voraussichtlichen Ankunft in Beirut telegraphisch anzeigen. Der Minister hatte ihn selbst empfangen und ihm unter warmen Beglückwünschungen den erbetenen Urlaub sofort erteilt. Er interessierte sich lebhaft für die Sache und ersuchte den Professor Möller, ihm über die hoffentlich günstigen Ergebnisse gelegentlichen Bericht zu erstatten. Er freute sich, daß einem jungen deutschen Gelehrten die Gelegenheit geboten sei, an diesen Arbeiten, die der gesamten gebildeten Welt zugute kommen würden, sich zu beteiligen.

Während der knappen zwei Tage, die Andreas auf die Vorbereitungen zu seiner Abreise zu verwenden hatte, war seine Zeit durch unvermeidliche Besuche, Besorgungen und Anschaffungen, Vernichten von überflüssigen und Einordnen von wesentlichen Schriftstücken voll besetzt. Seine Siebensachen waren zwar schnell gepackt, aber er gönnte dem Schlafe doch nur wenige Stunden; den versäumten konnte er ja auf der langen Bahnfahrt bis Triest und auf dem blauen Wasser der Adria und des Mittelmeeres nachholen. Er war ein ordentlicher Mann und hatte für alle Fälle Verfügungen getroffen. Ob er nun bald, oder erst nach langer Zeit, oder überhaupt nicht wiederkommen würde, – sein Kommen oder sein Wegbleiben konnte keinem Menschen Verlegenheiten bereiten, und seine Habseligkeiten würden nie als herrenloses Gut herumirren.

Frau Wittig war beim Abschiede sehr gerührt.

Sabinen sagte er: »Auf dem Festlande werde ich nicht zum Schreiben kommen. Ich fahre auf geradem Wege bis Triest und habe auch da nur ganz kurzen Aufenthalt – gerade genug, um mich ohne Überhastung einzuschiffen. Ich schicke Ihnen von dort wohl eine Karte. Aber zur Ruhe komme ich erst, wenn ich an Bord des Lloyddampfers sein werde. Es wird also ziemlich lange dauern, bis Sie den Brief von mir erhalten werden, und ich werde auf Ihre Antwort noch länger zu warten haben ... Und nun leben Sie wohl! Möge es Ihnen recht gut gehen, Fräulein Sabine!«

Es war das erstemal, daß er sie bei ihrem Vornamen nannte.

»Reisen Sie recht glücklich, mein lieber Herr Professor! Ich wünsche Ihnen von Herzen Freude und Erfolge. Auf Wiedersehen!« Sie drückte ihm die Hand.

Andreas nickte. Er wollte nichts mehr sagen. Seine Sachen waren schon auf die Droschke geladen. Er lüftete den Hut und stieg schnell die Treppe hinab. Auf dem Treppenabsatz wandte er sich noch einmal um und blickte nach oben. Sabine, die sich übers Geländer gebeugt hatte, rief ihm nach: »Glückliche Reise!«

Frau Wittig hatte ihn unten an der Droschke erwartet. Er blickte noch einmal zum zweiten Stock hinauf, ihr Fenster war offen, blauer Flieder und Maiglöckchen, aber sie ließ sich nicht sehen. Sie stand mitten in ihrem Stübchen und dachte an ihren guten und lieben Professor mit wehmütigem Gefühl, und ihre Augen wurden feucht ...

Die Fahrt zur See war prachtvoll. Das gute Schiff des österreichischen Lloyd war mäßig besetzt. Andreas hatte eine schöne, luftige Kajüte für sich allein. Während der ganzen Reise war das Wetter beständig schön. Ruhig glitt das Schiff auf dem tiefblauen Wasser dahin. Die malerischen Ufer der griechischen Inseln zeichneten sich in herrlichen Linien und Farben am wolkenlosen Horizonte ab. An den interessanteren Haltestellen stieg man ans Land und machte wohl auch kürzere Ausflüge, an denen sich Andreas, der gut Bescheid wußte, mehr aus Gefälligkeit für seine Reisegefährten als aus eigenem Drange beteiligte.

Endlich, am zehnten Tage, nachdem sie die Reede von Triest verlassen, wurden im Osten in zart bläulichem Dunste die schroffen zerklüfteten Bergrücken der nördlichen Ausläufer des Libanon sichtbar. Noch wenige Stunden, und die syrische Küste war erreicht.

Andreas hatte sich während der Fahrt von der Reisegesellschaft zwar nicht zurückgezogen, – sie bestand ausschließlich aus Leuten, die im oberflächlichen Verkehr angenehm und diskret wirkten, – aber er hatte sich, seiner ganzen Natur entsprechend, nicht sonderlich um sie gekümmert und sich gewöhnlich schweigsam verhalten. Weniger denn je war er gerade jetzt dazu aufgelegt, mit Unbekannten, die ihn nicht interessierten, von gleichgültigen Dingen zu sprechen.

Während der ersten Tage hatte er sich sehr bedrückt und niedergeschlagen gefühlt. Seine Gedanken gehörten weit mehr dem, was er verlassen hatte, als dem, was ihn erwartete. Immer stand das gelbe schmucklose Haus in der Mittelstraße vor seinem Auge; am offenen Fenster im zweiten Stock blühten Maiglöckchen in Töpfen und große Büsche bläulichen Flieders in einer Majolikavase ...

Er wollte ihr schreiben, er mußte ihr schreiben. Aber es wurde ihm nicht leicht.

Als er den langen Brief durchlas, schämte er sich seiner Überschwenglichkeit. Er zerriß ihn und schrieb einen zweiten. Der erschien ihm wieder entsetzlich nüchtern und kühl und entsprach so gar nicht dem, was er empfand. Er zerriß ihn ebenfalls und verschob das Schreiben, wie schon so oft, auf eine günstigere Stunde.

Es währte lange, bis sie sich einstellte. Da machte er ihr in schlichten Worten ein einfaches Geständnis dessen, was er empfand. Er fragte Sabinen, ob sie, wenn er glücklich heimgekehrt sein werde, ihr Schicksal mit dem seinigen verbinden wolle. Er wisse sehr wohl, daß er nicht verführerisch sei, aber er werde ihr ewig dankbar sein, wenn sie seine Gefühle erwidern könne; und ihr Vertrauen zu rechtfertigen, sie glücklich zu machen, werde sein heiliges Bestreben sein, denn er liebe sie aufrichtig.

Er las den Brief gar nicht wieder durch, aus Angst, daß er auch den verwerfen würde. Er verschloß ihn. Und derselbe Dampfer, auf dem er jetzt nach Syrien fuhr, sollte seinen Brief von Beirut nach dem österreichischen Hafen bringen.

Als er das erledigt hatte, war ihm zumute, als habe er eine schwere Arbeit getan. Seine Stimmung wandelte sich, es kam eine gewisse harmonische Ruhe über ihn.

Und nun blickte er nicht mehr beständig, wie bisher, rückwärts; jetzt richtete er den Blick nach vorn – in die leuchtende Zukunft.

Er konnte es noch immer nicht fassen, daß seine traumhaften Wünsche nun frohe Wirklichkeit werden sollten! Seine freudige Erwartung wuchs, je mehr sich das Schiff der Ostküste näherte, sie steigerte sich zu einem wonnigen Fieber, in dem seine erhitzte Phantasie ihm die verlockendsten Bilder von herrlichen Erfolgen vorgaukelte.

Und nun war das Schiff in den Hafen von Beirut eingelaufen, die Maschine hatte nach ihren letzten wuchtigen Stößen unter schwerem Paffen ihre Tätigkeit eingestellt, der Anker war geworfen.

Nach flüchtiger Verabschiedung von den Reisegefährten und vom Kapitän bahnte er sich seinen Weg durch die johlende und drängende Horde, die, sobald die Brücke niedergelassen war, das Deck stürmte, und stieg ans Land.

Ein sympathisch aussehender Herr, der ihn scharf ins Auge gefaßt hatte, trat an ihn heran und fragte Andreas, dem er den jungen deutschen Professor auf den ersten Blick angesehen hatte, in deutscher Sprache: »Habe ich die Ehre, Herrn Professor Möller vor mir zu sehen?«

Andreas nickte bejahend und erwiderte den Gruß.

»Mein Name ist Goldap. Ich bin der deutsche Generalkonsul in Beirut. Exzellenz Hamdy Bey hat mich gebeten, Sie vom Schiff abzuholen und Ihnen für Ihr Weiterkommen behilflich zu sein. Hamdy Bey bedauert, daß er Sie nicht selbst hat abholen können, aber er darf sich jetzt keine Stunde von Sidon entfernen. Er hat Ihnen zwei zuverlässige Leute geschickt«, – Goldap wies auf zwei in einiger Entfernung stehende Araber von schlankem, kräftigem Bau, die neben ihren Pferden standen. »Mit dem Alten, Hassan, können Sie sich verständigen. Er war ein paar Jahre in Pera und versteht ein bißchen Französisch. Er kann auch ein paar Worte sprechen. Er ist klug und ein prächtiger Mensch. Ich habe für Sie ein gutes Pferd besorgt und stelle mich Ihnen im übrigen vollkommen zur Verfügung.«

»Ich bin Ihnen wirklich sehr dankbar!«

»Sie können doch reiten?«

»Na ja«, antwortete Andreas lächelnd. »Wie ein Archäologe.«

»Das reicht aus. Ich habe Ihnen ein lammfrommes Tier ausgesucht.«

Während die Araber das Gepäck vom Schiffe brachten und einen starken Esel damit bepackten, machten sich Dr. Goldap und Andreas auf den Weg nach dem Generalkonsulat.

»Ich wohne hier in nächster Nähe ... Bei meinen Dispositionen habe ich voraussetzen müssen, daß Sie sich bei uns in Beirut leider nicht lange aufhalten werden. Sie werden mit Sehnsucht erwartet und sind gewiß selbst ungeduldig. Sonst würde ich Sie natürlich gebeten haben, unser Gast zu sein.«

»Sie sind sehr gütig, aber ich habe allerdings eine fieberhafte Ungeduld, an Ort und Stelle zu kommen.«

»Und die wird sich noch steigern, wenn Sie hören, daß Hamdy Bey gerade in den letzten Tagen Schätze aufgefunden hat, die an Großartigkeit die kühnsten Hoffnungen weit überbieten sollen. Griechische Sarkophage aus der besten Zeit, von einem Reichtum, wie er niemals auch nur annähernd auf griechischen Marmorsärgen gesehen worden ist, und geradezu wunderbar erhalten!«

Andreas' Augen flammten auf. Der ruhige Bericht seines Führers versetzte ihn in eine Art von Rausch.

»Sarkophage aus der besten Zeit? Und wunderbar erhalten?« wiederholte er. Aber zugleich überkam ihn auch ein Gefühl wehmütigen Bedauerns. »Wenn ich doch ein paar Tage früher gekommen wäre!« seufzte er leise.

»Sie werden noch genug lohnende Arbeit finden!« erwiderte der Generalkonsul. »Und auf alle Fälle werden Sie nach Hamdy Bey der erste sein, der diese Schätze sehen wird.«

»Ja!« rief Andreas in ehrlicher Begeisterung. »Ich darf mich wirklich nicht beklagen! Sie haben recht! Wissen Sie denn noch etwas von diesen Sarkophagen?«

»Nur das wenige, was mein Freund Hamdy Bey mir geschrieben hat. Aber das wenige ist genug! Ich habe eben seine eigenen Worte gebraucht. Er schreibt mir in fieberhafter Erregung, wie in einem Taumel von Wonne. Er nennt die aufgedeckten Kunstschätze vollendete Meisterwerke der schönsten Zeit; er spricht von Reliefs, die an Phidias erinnern, und er sagt, die Sachen seien zum Teil so erhalten, daß man glauben könne, sie seien gestern aus der Werkstatt des Meisters gekommen. Bei einigen hätten sich auch die Farben vorzüglich gehalten.«

»Wieviel Stunden braucht man von hier bis Sidon?«

»Gute fünf Stunden, meine ich. Ein Tierquäler macht's wohl auch in vier.«

»Und Sie sind noch hier?« rief Andreas im Tone ernst gemeinten, aber unwillkürlich komisch wirkenden Vorwurfs. »Ein paar Stunden Wegs vom Heiligtums, zu dem ich pilgern würde, wenn ich am andern Ende der Welt wäre, und es drängt Sie nicht dahin?«

»Es ist die alte Geschichte!« erwiderte Dr. Goldap lächelnd. »Es wird mir eben zu bequem gemacht! Und Sie wissen ja: wenn man sich sagen darf: ›das läuft mir doch nicht weg!‹ verschiebt man die Besichtigung auf die sogenannte günstige Gelegenheit, und wenn die ausbleibt, bekommt man's gar nicht zu sehen. Übrigens habe ich mir fest vorgenommen, an einem der nächsten freien Tage nach Sidon hinüberzureiten, um mir die ausgegrabenen Wunder anzusehen. Eigentlich sollte mich Ihr Enthusiasmus aus meiner Schläfrigkeit aufrütteln. Ich sollte gleich mit Ihnen reiten ... Sie werden mich nun gewiß sehr verächtlich finden, wenn ich Ihnen sage, daß ich durch elende Berufsgeschäfte hier zurückgehalten werde. Aber ich bin doch nicht so barbarisch, wie ich Ihnen in diesem Augenblick erscheinen mag. Und hoffentlich werden Sie noch eine bessere Meinung von mir gewinnen.«

Während sie so sprachen, waren sie vor einem hübschen, am Meere gelegenen Hause, hinter dem sich ein herrlicher Garten ausbreitete, angelangt. Auf der Schwelle stand eine anmutige junge Frau mit blonden Haaren, frischen Wangen und freundlichen blauen Augen, die den Gast herzlich bewillkommte. Ein reich besetzter Tisch harrte schon der Kommenden.

Frau Dr. Goldap war eine reizende Hanseatin, die an den Klängen aus der Heimat, an der Aussprache ihres nordischen Landsmanns die hellste Freude hatte.

Der etwas unbeholfene junge Gelehrte gewann die Herzen der beiden lieben Menschen im Fluge. Und auch er fühlte sich merkwürdig schnell behaglich in diesem freundlichen Hause, dem man es, sobald man nur den ersten Schritt über die Schwelle getan hatte, anmerkte, daß hier die echte und rechte Gastfreundschaft waltete. So stürmisch es ihn auch nach seinem Ziele drängte, er hatte die beiden Stunden, die er mit Herrn und Frau Goldap verbracht hatte, doch nicht zu bereuen.

Nun war es aber höchste Zeit zum Aufbruch, wenn er bis Sonnenuntergang Sidon erreichen wollte. Mit warmem Danke für die gastliche Aufnahme verabschiedete er sich von seinen artigen Wirten und bestieg sein Pferd.

Der alte Hassan ritt als Führer voran. Der jüngere, Sadi, ein flinker Bursche, der den Packesel an der Halfter führte, trabte hinter Andreas.

Der Weg von Beirut bis Sidon, dem heutigen Saida, ist wundervoll. In scharf südlicher Richtung läuft er unausgesetzt hart am Strande des Meeres entlang. Auf lange Strecken ist das Ufer reich bewaldet. Malerische Höhen steigen sanft auf, und in der Ferne erheben mächtige Berge ihre stolzen Häupter. Der Weg führt an lieblichen Niederlassungen, Weilern und Flecken vorüber. Da wurde von Zeit zu Zeit kurze Rast gemacht.

Eine unbeschreibliche wohlige Stimmung zog in Andreas' Brust, als er hinter dem alten schönen Araber, der sich öfter sorgend nach ihm umblickte und mit dem Ausdruck rührender Gutmütigkeit seine weißen Zähne zeigte, gemächlich dahertrabte. Die Hitze belästigte ihn nicht, denn die weite, weite Wasserfläche wehte dem Glücklichen, der in frohem Bangen den kommenden Stunden sich entgegensehnte, erfrischende Kühlung zu.

Und nun näherten sie sich allmählich ihrem Ziel, und es wurde kühl. Die untergehende Sonne zauberte auf dem herrlichen Spiegel eine Farbenpracht von berückender Schönheit hervor.

Ein breiter, mit Goldspritzen besprenkelter kupferroter Streifen zitterte auf dem tiefblauen Wasser, und im Westen erlosch die feurige Glut in stumpfem Violett, auf dem einige leichte, zarte, feuerverbrämte Wölkchen in phantastischen Bildungen schwebten.

Es war ein köstlicher Abend ...

Dr. Goldap war gewiß ein ungewöhnlich artiger und sympathischer Mann. Aber es war Andreas doch lieb, daß der Generalkonsul ihn nicht begleitet hatte. Die Wonne dieser Stunden mochte er mit niemand teilen! Schweigsam wollte er schwelgen – und allein.

»Allein? ... Die eine, die er gern an seiner Seite gehabt hätte, war ja in unerreichbarer Ferne! Er dachte an Sabine in ruhiger Freude. Er sah sie am Fenster stehen, hinter den blaßblauen Fliederbüschen. Aber da stürmte eine wilde Jagd heran, sie trat ins Zimmer zurück, und das Fenster blieb leer. Und eine tobende Schar von krausen Gedanken und wirren Empfindungen: vermessene Hoffnungen und grausame Enttäuschungen, liebliche Bilder und wüste Fratzen umkreisten ihn. Seine Schläfen hämmerten, und sein Herz pochte.

Das Dunkel war plötzlich hereingebrochen, und in immer hellerem Funkeln traten die Sterne auf der unermeßlichen Wölbung des Himmels hervor.

Hassan lenkte von der Straße ab. Er bog in einen schmalen Weg ein, der unter Bäumen bergan führte. Andreas sah Lichter, die sich bewegten. Die Pferde hielten an.

»Willkommen! Herzlich willkommen in Sidon!« rief eine Stimme aus nächster Nähe. Und jetzt erkannte Andreas im unsichern Licht der Fackeln, die von arabischen Dienern getragen wurden, einen Herrn in grauem Anzug mit dem Fez: Hamdy Bey.

Andreas war vom Pferde gestiegen. Die beiden begrüßten sich herzlich.

»Sie kommen zu guter Stunde!« rief Hamdy. »Mein Freund Dr. Goldap hat Ihnen gewiß schon gesagt ...«

»Ja! Was Sie ihm geschrieben haben, weiß ich ... und Sie können sich denken, wie ich darauf brenne, die Sarkophage zu sehen ... Was müssen Sie empfunden haben, Sie Glücklicher! ... Ach Gott, ich vergesse ganz, Ihnen Glück zu wünschen!«

»Ja, mein junger Freund, das sind allerdings Stunden, die man nicht vergißt! Unter Millionen und aber Millionen sind solche Erregungen kaum einem Sterblichen beschieden. Man kann es nicht schildern, man kann es nicht fassen. Aber wenn Sie die Sarkophage gesehen haben werden, werden Sie wenigstens ungefähr ahnen können, wie mir zumute war, als ich diese Herrlichkeiten aus mehr denn zweitausendjähriger Nacht ans Licht brachte ... Das Herz schlug mir zum Zerspringen, ich war berauscht, ich fiel dem ersten besten Araber, der mit der Schippe in der Hand in meiner Nähe stand, um den Hals, ich mußte irgend jemand umarmen, – und ich habe seitdem nicht geschlafen! Wenn mich das Fieber nicht aufrüttelte, wäre ich schon zusammengebrochen. Ich bin halb verrückt, ich weiß es. Gottlob, daß ich jetzt einen Menschen habe, der einen versteht, vor dem man sein volles Herz ausschütten kann. Ich will meinem lieben Genossen, dem prächtigen Ingenieur Bechara Effendi, nicht unrecht tun. Ich kann mir für die Leitung der technischen Arbeiten keine bessere Hilfe denken. Aber er ist eben Techniker. Er muß kühl und nüchtern bleiben. Sie sind Archäologe, und die Archäologie ist die leibliche Schwester der Kunst. Sie werden alles begreifen, die Schlaflosigkeit, die Umarmung, das Fieber, die Verrücktheit, wenn Sie die Sarkophage gesehen haben werden, – alles!«

»Gewiß, gewiß!« rief Andreas, der selbst fieberte. »Wann werde ich sie denn sehen?«

»Wann Sie wollen. Morgen in aller Frühe, wenn Sie ausgeschlafen haben werden«, antwortete Hamdy.

»Ja, glauben Sie denn, daß ich schlafen werde?!«

Sie waren vor einem Kiosk angelangt, aus dessen offener Tür ein heller Lichtstrahl in den Garten fiel.

»Treten Sie einstweilen nur hier ein. Hier werden wir freundnachbarlich hausen. Haben wir nicht Glück,« setzte er hinzu, als sie eingetreten waren, »daß wir nicht unter dem Zelte zu kampieren brauchen? Ist es nicht sehr nett hier? Hier der gemeinsame Raum, da eine Kammer für mich und dort für Sie ... kann man sich's schöner denken? Und bis jetzt sind wir auch von Moskitos und sonstigem Geschmeiß verschont geblieben. Und morgen werden Sie staunen, wie reizend der Garten ist, wie schön die Aussicht aufs Meer.«

»Und wo ist denn das Ausgrabungsfeld? Wie weit von hier? meine ich.«

»Drei Minuten ... hier im Garten.«

»Hier im Garten!« rief Andreas. »Und da muß ich bis morgen warten?«

»Ja, jetzt geht's doch nicht mehr!«

»Weshalb denn nicht?«

Hamdy zog seine Uhr.

»Weil's ein bißchen spät ist. Die Sonne ist vor einer halben Stunde untergegangen ... Unsere Leute legen sich jetzt schlafen.«

»Die beiden Diener, die Sie mir geschickt haben, sind doch noch wach, und Ihre Fackelträger auch ...«

Hamdy lächelte. Er freute sich über den Eifer des jungen Gelehrten.

»Sie würden, glaube ich, besser tun, wenn Sie bis morgen warteten. Einen der Sarkophage haben wir aus dem anstoßenden Gewölbe schon in den Hauptschacht gebracht. Sie werden einen viel stärkeren Eindruck haben, wenn Sie den Marmorsarg, der einer der schönsten ist, bei Sonnenlicht sehen. Und dann, und hauptsächlich, ist es doch eine ziemlich halsbrecherische Geschichte. Die alte Holztreppe, die ich habe bauen lassen, habe ich gerade heute wieder abtragen lassen, weil sie gar zu wackelig war, und die neue wird erst morgen fertig. Sie müßten also, gerade wie's mit mir in den ersten Tagen geschehen ist, am Seil heruntergelassen werden. Dreißig Fuß tief! Und das ist in der Nacht für jemand, der noch nicht unten gewesen ist, doch nicht ganz unbedenklich. Eigentliche Gefahr ist freilich nicht vorhanden, aber es könnte Ihnen doch am Ende etwas zustoßen, und ich möchte die Verantwortung nicht gern übernehmen.«

»Aber wenn ich eine gute Lampe habe, werde ich doch wenigstens etwas sehen, und wenn ich fest angeseilt werde, – was kann mir denn da passieren?«

»Sie haben Courage? Das ist recht! Die brauchen wir Soldaten der Wissenschaft gerade wie die anderen. Aber vor allen Dingen wollen wir uns setzen, einen kleinen Imbiß nehmen und noch ein bißchen plaudern.«

»Ich danke! Ich habe mich bei Dr. Goldap genügend gestärkt und nicht den geringsten Appetit.«

»Aber Durst werden Sie haben? Sie sind doch ein guter Deutscher? Wenn Sie sich gestärkt haben – na, dann in Gottes Namen! Dann führe ich Sie zum Schacht!«

Andreas strahlte. Er schüttelte seinem Gönner mit kräftigem Druck die Hand und ergriff das rubinrot funkelnde Glas, das Hamdy mit feurigem Zypernwein gefüllt hatte.

»Auf Ihr Wohl, teurer Meister! Möge Ihnen das Glück treu bleiben, zu unser aller Nutzen und Freude!«

Er sprach die einfachen Worte mit einer gewissen Feierlichkeit und einem ungewollten, natürlichen Pathos, die Hamdy bewegten, und er leerte das Glas in einem Zuge.

»Ja, das Glück!« bekräftigte Hamdy mit ernstem Ausdruck. »Und wenn man noch so vernünftig und fleißig arbeitet und noch so scharfsinnig die verwischten Spuren erkennt, die in verschlungenen Irrgängen zum erstrebten Ziele führen, – hat man das Ziel wirklich erreicht, darf man sich eines wirklich lohnenden Ergebnisses seiner Arbeit freuen, so muß man sich als ehrlicher Mensch schließlich doch immer wieder das beschämende Geständnis machen: alles wäre vergeblich gewesen, wenn uns nicht im entscheidenden Augenblick das blinde Glück beim Schopfe gefaßt und geleitet hätte!«

»Nein!« entgegnete Andreas feurig. »Sie unterschätzen sich und schmälern Ihr Verdienst. Sie haben auf einer deutschen Universität studiert und kennen den tiefsinnigen Vers unseres Goethe:

> Wie sich Verdienst und Glück verketten,
> Das fällt den Thoren nimmer ein.
> Wenn sie den Stein der Weisen hätten,
> Der Weise mangelte dem Stein!

Das Glück mag blind gewesen sein, aber Sie waren sehend. Am Blinden wäre es unbemerkt vorübergegangen. Sie haben es festgehalten.«

Mit atemloser Spannung lauschte Andreas dem Berichte Hamdys, der ihm in ungeregeltem, farbenreichem Vortrag, bald fließend, bald stockend, bald sich überhastend, bald schleppend erzählte, wie er die ersten Funde gemacht, die Wegweiser zu den weiteren erkannt und jetzt den Gesamtkomplex der im harten Schoße der Erde tief verborgenen Königsgräber entdeckt zu haben glaube.

Mehmed Scherif Effendi, der Besitzer des Gartens mit dem Kiosk, in dem die beiden jetzt zusammen plauderten, hatte vor einigen Wochen, als er sich Material zu Bauzwecken aus seinem Grundstück gewinnen wollte, Steinbrüche vornehmen lassen. Der Garten Mehmeds liegt etwa zwanzig Minuten vom Meere entfernt, dessen Ufer sanft aufsteigen und hier eine Höhe von dreißig bis vierzig Meter erreichen. Der kleine Hügel, der angebrochen werden sollte, zeigte inmitten der üppigen, ringsum blühenden Vegetation eine gewisse Dürftigkeit. Er war stellenweise fast kahl, nur einige wenige genügsame Ölbäume hatten da Wurzel gefaßt und fristeten ein kümmerliches Dasein.

Die Arbeiter stießen denn auch, nachdem sie eine dünne Schicht vegetabilischer Erde entfernt hatten, sogleich auf felsigen Untergrund: auf eine mit Kalkstein durchsprengte Sandsteinschicht.

An einer Stelle zeigte sich den Steinbrechern eine Erscheinung, die ihnen auffiel. Da lagen schon gebrochene Steinstücke, zwischen die sich allerlei Geröll in größeren und kleineren Bröckeln eingefilzt hatte, und die miteinander durch die allmählich durchsickernde Feuchtigkeit zusammengepappt waren. Das war keine natürliche

Bildung. Hier mußten schon Menschen tätig gewesen sein! Aber wann konnte das geschehen sein – hier im Felsen, dessen rauher Leib sich mit einer Erdschicht bekleidet hatte, die immerhin genügte, um das, wenn auch nur kümmerliche Fortkommen von Bäumen zu ermöglichen?

Als sie nun vorsichtiger und bedächtiger ihre Arbeit fortsetzten, merkten sie, daß die Stelle, die diese eigentümliche Erscheinung darbot, rundum begrenzt war. Es war also ein Loch in den Felsen gesprengt und wieder zugeschüttet worden ... Sie beeilten sich, von dieser merkwürdigen Entdeckung dem Besitzer des Grundstücks Kunde zu geben.

Selbst den weniger gebildeten Einwohnern von Sidon war es nicht unbekannt, daß hier tief in der Erde, deren Boden ihr Fuß stampfte, vielleicht noch sehr seltsame und wertvolle Dinge verscharrt lägen. Sie erinnerten sich wohl, daß vor einigen Jahren Männer aus dem Frankenlande gekommen waren, die Grundstücke erworben und alles durchwühlt hatten. Sie hatten auch einen alten Totenschrein aus schwarzem ägyptischen Stein ausgegraben und mit großen Schwierigkeiten und Kosten nach dem Strande geschleift und auf das Schiff gehoben, das den schweren Steinsarg weit übers Meer getragen hatte. Viele hatten nun selbst in ihren Gärten herumgegraben. Sie hatten auch mancherlei gefunden: künstlich gemeißelte Marmorbruchstücke, verbogene und verunstaltete Geräte aus Bronze, die ganz verwittert und angefressen waren. Und dafür hatten ihnen Händler in der Stadt gute Preise gezahlt ...

Mehmid Scherif Effendi aber war ein gebildeter Mann. Er eilte auf die erste Mitteilung seiner Arbeiter sogleich an Ort und Stelle und erkannte sofort, daß sich hier ein Schacht öffnete, wie ihn die Alten in grauer Vorzeit in den Felsen sprengten, um dort die Sarkophage einzulassen, die alsdann in anstoßenden, tief unterirdischen Grüften geborgen wurden.

Wie das verendende Wild das tiefste Dickicht des Waldes aufsucht, um ungesehen zu vermodern, so wollten auch die Großen der alten Zeit einsam und weltabgeschieden in ihrem steinernen Schrein und in unzugänglicher Kammer den ewigen Schlaf schlafen. Keinem Sterblichen wollten sie den Anblick ihrer letzten Ruhestätte gönnen. Mit dem Ende ihrer irdischen Tätigkeit sollte auch alles verschwinden, was in ihnen an die Vergänglichkeit alles Irdischen gemahnen mußte. Wie ihre Taten selbst, so wollten auch sie, die Vollbringer, nur noch in der Erinnerung der Nachwelt weiterleben. Kein lebender Mensch sollte an ihrem Sarge stehen und sagen dürfen: »Dieser Kasten birgt nun alles, was von dem einst gepriesenen Helden übriggeblieben ist. Da liegt er nun, ein knöchernes Schreckensbild, ohnmächtig und wehrlos! Und ich, ich lebe und bin stärker als er ...«

Wie es ihm durch die gesetzliche Vorschrift zur Pflicht gemacht war, erstattete Mehmed Scherif unverzüglich Anzeige an die oberste Ortsbehörde, den Kaimmakam (etwa Landrat) Sadik Bey. Und sobald von diesem der Bericht in Konstantinopel eingegangen war, setzte Hamdy Bey Himmel und Hölle in Bewegung, um die apathische Regierung, die für die Sache der Kunst und Wissenschaft schwer zu erwärmen ist, zu einem schnellen und energischen Entschlüsse zu bewegen. Er setzte es durch, daß die Ausgrabung auf Staatskosten beschlossen wurde. Er selbst wurde mit der Leitung dieser Arbeiten beauftragt und begab sich nun auf kürzestem Wege nach Sidon. Auf Befehl des verständigen Kaimmakam waren die Arbeiten im Garten Mehmed Scherifs nach der Entdeckung der Schachtöffnung sofort eingestellt worden. Der Steinbruch selbst wurde, um allen Eventualitäten vorzubeugen, abgesperrt und Tag und Nacht militärisch bewacht.

Hamdy hatte nun sogleich nach seiner Ankunft eine große Schar zuverlässiger Arbeiter, meistens Araber, angeworben und für die technische Leitung den Bezirksingenieur Bechara Effendi herangezogen.

Gleich bei der Aufdeckung des Schachtes wurden, nachdem man ihn von Schutt und Erde gesäubert hatte und nach langwieriger, mühevoller Arbeit auf den Grund gedrungen war, in der Tiefe von etwa zwölf Metern vermauerte Türen aufgefunden. Diese Türen, die sogleich erbrochen wurden, führten, wie sich nun herausstellte, zu einem ganzen Komplex von willkürlich und unregelmäßig gelagerten Felsenkammern; sie führten zu den Entdeckungen ungeahnter Schätze, die Hamdy Bey im Verein mit seinem ausgezeichneten technischen Mitarbeiter, Bechara Effendi, in den nächsten Tagen machen sollte.

Der scharfe Blick und die geistvolle Kombinationsgabe Hamdys erspähte hier, dreißig Fuß unter dem Boden, eingesprengt in den steinigen Schoß des Felsenhügels, sieben solche, wie es schien, planlos aneinander- und übereinanderliegende Grüfte. Sie alle wurden geöffnet, und alle beherbergten, seit über zweitausend Jahren unerreichbar im Schatten undurchdringlicher Nacht gebettet, Sarkophage ... darunter vier von unerhörter Pracht.

Das hatte Hamdy Bey sogleich erkannt, so unmöglich es bis jetzt auch noch war, sich von der künstlerischen Bedeutung der Marmorsärge eine genügend klare Vorstellung zu machen. Denn bis zur Stunde hatte man nur einzelne Teile von dem häßlichen Kleide, in welches das graue Alter sie gehüllt hatte, vorsichtig befreien können. Bei der trügerischen Beleuchtung wirkten Licht und Schatten falsch, und bei der Enge der Grüfte war es unmöglich, das Ganze zu überschauen, ganz abgesehen davon, daß die unerträgliche Hitze und der atembenehmende stickige Dunst die Besichtigung erschwerten. Noch standen all die Herrlichkeiten in der Finsternis der Grüfte, die durch das gewöhnliche Licht ungenügend, durch das blendende Licht der Magnesiumlampe zwar hell, aber unschön und falsch beleuchtet wurden, in Staub und Schutt.

Das aber, was Hamdy schon in den ersten Tagen, ja in den ersten Stunden erschaut, hatte ihm die beseligende Gewißheit gewährt, daß er vom Schicksal berufen sei, in kurzer Zeit der Mit- und Nachwelt zu dauerndem Genuß, aus ferner Vergangenheit Schätze ans Licht der Sonne zu bringen, die zu dem Wunderbarsten gehören, was Menschenhand gebildet hat.

Es war Unvergleichliches, Einziges, was hier in finsterer Felsenzelle geschmachtet hatte.

Das war es, was ihm den Schlaf geraubt, was seine Seele erzittern und ihn vor Wonne halb wahnsinnig gemacht hatte.

»Ja, ja! Ich begreife alles – nur das eine nicht: daß Sie diese Stunde überhaupt überlebt, daß Sie den Verstand nicht völlig verloren haben!« rief Andreas mit leuchtenden Augen. »Wann brechen wir auf?«

»Jetzt!« antwortete Hamdy. Er lächelte befriedigt. Das war der Mann, den er für seinen Enthusiasmus brauchte!

Er klatschte in die Hände. Gleich darauf trat Hassan ein, dem er in türkischer Sprache einige Weisungen gab. Hassan eilte wieder hinaus. Man hörte ihn mit lauter Stimme seinen Genossen etwas zurufen.

Hamdy und Andreas traten ins Freie. Es war um die Zeit des Neumonds. Die Sterne glitzerten und strahlten in wunderbarer Pracht. Vom Meere her wehte köstliche Kühle. Der süße berauschende Duft der Orangen und Myrten durchwürzte die milde Luft, und ringsum klagten, schluchzten und lockten die Nachtigallen.

Die Diener hatten die Fackeln wieder angezündet. Zwei schritten voran und beleuchteten den Weg, zwei gingen neben ihnen, Hassan und Sadi, mit Laternen, in denen dicke Kerzen brannten, folgten ihnen.

Plötzlich wurden sie angerufen. Hassan war vorgesprungen und sagte einige Worte. Die beiden Wachen traten beiseite.

Nun standen sie am oberen Ende des Schachtes, der von Geröll, Erde und Schutt völlig gesäubert war. Auf Hamdys Befehl traten die Diener hart an den Rand und ließen das Licht der Fackel, so weit es eben möglich war, in das viereckige Loch fallen. Andreas starrte hinein. Nur der obere Teil der Schachtwände war deutlich zu erkennen. Manchmal huschte ein Schimmer tief hinein. Und Andreas glaubte den Boden und auf dem Boden einen helleren länglichen Kasten zu sehen. Er bog sich weiter vor. Hassan, der neben ihm stand und ihn beobachtete, packte ihn mit kunstgerechtem Griff, hielt ihn fest und sagte, während er lächelnd seine prachtvollen Zähne zeigte, in verständlichem Französisch: »Besser so!«

»Nun?« fragte Hamdy, »reizt es Sie noch immer, in dieser Dunkelheit in die Unterwelt hinabzusteigen? Der Eingang ist nicht verlockend, wie Sie sehen. Wollen Sie nicht lieber warten, bis die Sonne aufgegangen ist?«

»Nein, nein! Gönnen Sie mir die Freude! Und gleich! Ich bitte Sie!« –

»Also gut! Gefährlich ist's weiter nicht. Nur unbequem.«

Hassan besorgte mit großer Gewandtheit und Vorsicht das Geschäft des Anseilens. Er befestigte auch an einem Gurt, den er fest um Andreas' Leib gelegt hatte, die Laterne mit dem brennenden Lichte. Einer der Diener nahm jetzt die Fackeln der anderen, die nun den langen, über eine primitive, aber verläßliche Winde gelegten Strick packten. Andreas stieß ab und schwebte nun in der Luft. Ganz langsam und unter Beobachtung der äußersten Vorsicht wurde er hinabgelassen.

Jetzt berührten seine Füße den Boden ... jetzt stand er da.

»Wohlbehalten angekommen?« hörte er Hamdys Stimme von oben, die im Schacht schauerlich dumpf wiederhallte.

»Vollkommen wohl!« rief Andreas hinauf. Er erschrak über den gellenden Klang seines Rufs.

Das Licht seiner Laterne verbreitete eine genügende Helligkeit. Er stand vor einem Sarkophage, der mit Skulpturen reich geschmückt war. Es war eine mächtige Truhe, deren Wände in rechteckige Felder eingeteilt waren; in jedem Felde in faltiger Gewandung eine weibliche Gestalt im Ausdruck tiefen Schmerzes. Langsam, jedes einzelne dieser trauernden Weiber beleuchtend, umschritt Andreas in tiefer Ergriffenheit den Sarkophag, in innerster Seele bewegt von der künstlerischen Schönheit des Werkes, von der Ehrwürdigkeit des Alters, von der stimmungsvollen Schaurigkeit der Umgebung. Es stürmte mächtig auf ihn ein von diesen senkrecht aufsteigenden grauen Felsenmauern, deren brüchige Unebenheiten bei der wechselnden Beleuchtung phantastische Schatten, Fratzen in zuckenden Bewegungen, einen sonderbaren Tanz von lebenden grauen Schemen hervorzauberten.

Und wieder betrachtete er die klagenden Weiber. Um wen mochten sie klagen? Wer war der Stolze, der seine Gebeine in diese herrliche Truhe hatte betten lassen? der mehr als zwei Jahrtausende sein königliches Ruhebett vor den profanen Blicken der kleinen Welt in Nacht und Felsen verborgen hatte?

Nicht durch den zärtlichen Kuß des verliebt schmachtenden Ritters war hier ein Dornröschen aus dem Schlummer geweckt worden, die ernste, rauhe, unerbittliche Wissenschaft hatte mit Hammer und Haue die steinerne Hecke der Felsenrosen gesprengt und in inbrünstig gewaltsamer Umarmung den Langschläfer aufgerüttelt.

»Ist es nicht schön?« kam es dumpf von oben.

»Ja, ja!« rief Andreas, ungeduldig über die Störung. Und beschwichtigend fügte er hinzu:»Wunderschön! wunderschön!« Er war tief ergriffen, ja erschüttert.

Ihm, dem bescheidenen jungen Forscher, sollte das unerhörte Glück beschieden sein, der erste Zeuge dieses Wiedererweckens zu sein! Ihn hatte man berufen, an diesem Werke der Auferstehung mitzuwirken! Er konnte es nicht fassen. Die dämmernde Erkenntnis erfüllte ihn mit tiefer Dankbarkeit für dies ungeahnte Glück und erregte ihn so, daß er zitterte und bebte.

»Doktor!« scholl es dumpf und geisterhaft.

Er erschrak heftig.

»Doktor!« hallte es jetzt lauter von oben. »Hören Sie mich nicht?«

»Doch, doch! ...«

»Nun lassen Sie's für heute genug sein! Unsere Leute müssen mit Tagesanbruch wieder an die Arbeit. Kommen Sie!«

»Ich komme!« »Prüfen Sie genau das Seil und ziehen Sie es wieder fest, wenn es sich gelockert hat.«

»Es ist alles in Ordnung!«

»Befestigen Sie die Lampe im Gurt, und wenn Sie bereit sind, rufen Sie!«

»... Ich bin bereit! Los!«

Langsam und bedächtig, wie er hinabgelassen war, wurde er wieder heraufgewunden.

Während Hassan die feste Schlinge löste, sog Andreas den Wohlgeruch und die köstliche Luft der frischen Nacht in langen Zügen ein, unfähig, ein Wort hervorzubringen. Hamdy betrachtete ihn mit glücklichem Lächeln. Er schwieg. Er vermochte dem wie vom Taumel ergriffenen jungen Gelehrten nachzuempfinden.

»Nun?« sagte er nach einer Weile. »Habe ich zuviel gesagt?«

Da schöpfte Andreas noch einmal tief Atem. Er warf einen langen, traumhaften Blick auf Hamdy, der gütig lächelnd vor ihm stand. Er zeterte heftig und warf sich, überwältigt von seinem Empfinden, schluchzend seinem Gönner an die Brust, der ihn mitfühlend und herzlich umfing.

Staunend blickten die arabischen Arbeiter auf die beiden, die sich in den Armen lagen. Sie verstanden zwar die Ursache dieses befremdlichen Schauspiels nicht, aber sie fühlten instinktiv, daß es sich um etwas Schönes und Großes handle. Und auch sie wurden von der freudigen Erregung mitgerissen. Sie stießen hohe, gellende Freudenschreie aus und tanzten, die Fackeln schwingend, wild in der Runde. Die sehnsüchtig klagenden Nachtigallen schwiegen erschrocken.

Der jauchzende Reigen, dem Hamdy und Andreas fröhlich zuschauten, – auch die beiden Soldaten waren herangetreten und grinsten vergnügt, – währte lange, bis endlich Hamdy Hassan bedeutete, es sei nun an der Zeit, den Rückweg nach dem Kiosk anzutreten. Andreas beschenkte die Tänzer, der kleine Zug ordnete sich wieder wie vorher, und unter dem sternenbesäeten Nachthimmel, unter duftenden Orangen, Zitronen, Bananen und Myrten kehrten sie zum Gartenhaus zurück, während die wieder beruhigten Nachtigallen sehnsüchtig flöteten.

Sie saßen noch lange zusammen und sprachen Sie sprachen von nichts anderm, als von den Sarkophagen. Es war ein unergründliches Thema Immer wieder drängten sich neue Fragen auf, die zu breiten Erörterungen führten. Andreas fand kein Ende, und Hamdy Bey, durch den rührenden Wissensdrang des jungen Gelehrten angeregt, suchte durch immer neue Argumente und positive Ermittlungen die aufgestellten Kombinationen zu bekräftigen oder zu bekämpfen.

Aber es war schon sehr spät geworden, und Hamdy Bey machte der erregten Debatte ein Ende.

»Sie haben einen bewegten Tag hinter sich! Sie bedürfen der Ruhe, denn morgen müssen Sie mit frischer Kraft, mit klarem Kopf und hellem Auge an die Arbeit gehen. Also ohne weiteres: Gute Nacht! Und schlafen Sie wohl!«

»Schlafen? Sie glauben es doch wohl selbst nicht, daß ich schlafen werde!«

»Dann entkleiden Sie sich wenigstens und strecken Sie sich aus! Das hilft auch schon. Übrigens werden Sie schlafen, wie ich hoffe. In Ihren Jahren schläft man noch. Und wenn es mir zu lange dauert, bis ich Sie sehe, dann wecke ich Sie! Gute Nacht!«

Sie drückten sich die Hand und suchten ihr Lager auf.

Hassan, der Andreas zu besonderer Bedienung beigegeben war, ließ es sich nicht nehmen, seinem neuen Herrn, der ihm sehr zu gefallen schien, beim Auspacken des kleinen Handkoffers behilflich zu sein. Er wollte sich auch an das große Gepäck machen, aber Andreas sagte ihm in Worten und Gebärden, daß es damit keine Eile habe.

» Pek eji, effendim!« sagte Hassan, wie überhaupt nach jedem Satze, den er verstanden hatte –»Sehr wohl, Herr!« Er verneigte sich tief mit der üblichen Begrüßungsgebärde des Orients, indem er die Hand zu Boden streckte, als wollte er den Staub aufheben, und sie dann an Herz, Stirn und Mund führte. Er trat in das gemeinsame Zimmer, verschloß Tür und Läden, löschte die Lampe und streckte sich vor der Schwelle der Kammer seines Herrn auf den Teppich nieder, wo er sogleich in tiefen Schlaf verfiel.

Auch Andreas hatte sich, nachdem er sich entkleidet, auf sein Lager geworfen. Er hatte die Kerze brennen lassen. Er wußte ja, daß er nach den gewaltigen Erregungen dieser Nacht doch nicht schlafen werde. Aber allmählich verschlangen und verwirrten sich unmerklich seine Vorstellungen; er versuchte zunächst dagegen anzukämpfen und in das krause Durcheinander Klarheit zu bringen, aber sein Widerstand gegen die sanfte Gewalt der Müdigkeit erschlaffte. Er merkte kaum noch, daß er die Kerze löschte, und er schlief ein.

Andreas schlief traumlos, lange und fest. Er fühlte sich ganz beschämt, als er durch leises beharrliches Pochen von Hamdy geweckt wurde. Die Sonne stand schon hoch am Himmel.

Die Arbeiten waren, wie Andreas sah, als er mit Hamdy Bey am ersten Tage bei Sonnenlicht die Ausgrabungsstätte besichtigte, unter den Weisungen des umsichtigen und begeisterten Leiters schon weit vorgeschritten, wenn auch noch viel, sehr viel zu tun blieb, um sie zu gutem Ende zu führen. Mit der Aufräumung war man so ungefähr fertig. Das in den Gewölben aufgelesene Geröll und der Kehricht waren zum Teil schon sorgfältig durchsucht und durchsiebt, zum andern Teil zusammengekehrt, um mit aller Genauigkeit geprüft zu werden.

Denn vor langer, langer Zeit, – wie man aus gewissen Anzeichen mit annähernder Sicherheit schließen durfte: wahrscheinlich nicht allzulange nach der Bestattung, – also vor etwa zweitausend Jahren – hatten leichenschänderische Räuber den geheimgehaltenen Weg zu diesen Totenkammern zu finden gewußt. Da es ihnen nicht möglich gewesen war, die schweren Deckel beiseite zu schieben, so hatten sie mit frevelhafter Roheit die Sarkophage stellenweise zertrümmert und Löcher geschlagen, die groß genug waren, um es den Verbrechern zu ermöglichen, die Leichen heranzuzerren und der ihnen mitgegebenen Kostbarkeiten zu berauben.

Die Trümmer dieser ruchlosen Zerstörungsarbeit lagen zerstreut am Boden unter Geröll im Schutt. Es galt nun diese Bruchstücke herauszulesen, um sie später an gehöriger Stelle wieder einzufügen. Durch einen wunderbar glücklichen Zufall waren die größten Schönheiten des bildnerischen Ausschmucks der Vernichtung entgangen, und die abgeschlagenen Stücke wurden fast samt und sonders aus dem Moder und Staub wieder aufgelesen.

Diese Aufräumung und Sichtung war aber eben nur ein Teil der Arbeit, die hier zu leisten war, und der verhältnismäßig leichtere und schnellere.

Was Hamdy Bey und seinen technischen Beirat, den Ingenieur Bechara Effendi, nun vor allem beschäftigte, war die Lösung der Frage: wie diese Steinkolosse von ihrem Fundorte an den Strand zu schaffen seien, wo ein Staatsschiff sie aufnehmen sollte, um sie nach Konstantinopel zu bringen.

Der Gedanke, sie auf demselben Wege, auf dem sie dereinst versenkt worden waren, wieder ans Sonnenlicht zu fördern, sie also aus den Grüften in den Schacht zu schieben und von da hinaufzuheben, mußte von vornherein als völlig undurchführbar aufgegeben werden. Das Gewicht einzelner dieser Sarkophage war ungeheuer. Der größte, reichst geschmückte, der auch als der schönste gilt, der sogenannte Alexander-Sarkophag, wog allein 25 Tons oder 500

Zentner. Eine Maschine, die auch nur annähernd stark genug gewesen wäre, um eine solche Last dreißig Fuß hoch aus der Tiefe zu heben, war nicht zu beschaffen. Und damit, daß man die Sarkophage auf die Hohe des felsigen Hügels gebracht hätte, wäre auch noch nicht viel erreicht worden. Die Schwierigkeiten der Lokomotion nach dem Meere wären immer noch zu überwinden gewesen.

Es wurde also beschlossen, da das Grundstück Mehmed Scherifs etwa dreißig Meter über dem anderthalb Kilometer entfernten Spiegel des Mittelländischen Meeres liegt, nach der nächstgelegenen geeigneten Stelle am Strande von den Grüften aus in einer sich sanft senkenden schiefen Ebene einen eigenen Weg zu bauen, auf dem dann die Sarkophage auf Walzen vorsichtig herabgeschoben werden sollten. Zu dem Ende mußten bei der Unebenheit des Terrains zeit- und kostspielige Arbeiten vorgenommen, Tunnels gesprengt, Trancheen gelegt, Bodenaufschüttungen und -abtragungen vorgenommen werden. Und trotz der angespanntesten Anspannung aller verfügbaren Arbeitskräfte – es waren über hundertundfünfzig Araber und Syrier beschäftigt, – vergingen lange Wochen, ehe man an das heikle Werk, die Marmorsärge von ihrem zweitausendjährigen Standorte an den improvisierten kleinen Hafen zu schaffen, herantreten konnte.

Je mehr Andreas sich mit den unvergleichlichen Funden vertraut machte, desto höher lohte seine Begeisterung. Jeder Tag rückte die wunderbaren Schönheiten heller ins Licht. Und je mehr er davon in sich aufnahm, desto verzehrender wurde sein Wissensdurst. Er gönnte sich keine Ruhe und Rast. Das völlig Bekannte betrachtete er immer wieder, mit dem brennenden Verlangen, doch noch etwas noch nicht Gekanntes und Beobachtetes wahrzunehmen, überall zu spüren, zu forschen, von bisher Verhülltem den Schleier zu lüften, unscheinbare Symptome aufzulesen, die am Ende doch irgendwelche neuen Aufschlüsse geben und als Spuren auf einen noch nicht betretenen Weg führen könnten – Aufschlüsse, die eine nähere Bestimmung der Zeit, der Ereignisse, der Persönlichkeiten ermöglichten. Denn keine Inschrift kam der Forschung zu Hilfe.

Mit dieser rastlosen Tätigkeit des Suchens, Tastens, Kombinierens hatte er seine Geisteskräfte bis zur äußersten Erschöpfung angespannt. Und auch sein Körper litt unter dieser unmäßigen Anstrengung.

Seine Nächte waren qualvoll. In peinigendem und marterndem Halbschlaf warf er sich auf seinem Ruhebett, von dem die Ruhe geflohen war, hin und her, und seine überhitzten Sinne spannen töricht und kindisch die Fäden weiter, die er in wachem Zustande zufällig eingeschlagen hatte, und verknoteten und verwustelten sie zu einem unentwirrbaren Knäuel.

In solchen trügerischen Halluzinationen sah er, kunstvoll in die Ornamente des Randes eingeflochten und um die ganze Länge des Sarkophags laufend, eine umfangreiche griechische Inschrift, die über den Namen, die Abkunft und die Lebensschicksale des darin Gebetteten erschöpfenden Bescheid gab; sie enthielt überdies eine Art von testamentarischer Verfügung, aus der über gewisse, bisher unklar gebliebene Einzelheiten in der Geschichte der Diadochen mit voller Sicherheit Schlüsse von unschätzbarem Werte für die Wissenschaft gezogen werden durften. Auf der Innenseite des Deckels, den er im Halbschlaf aufhob, als sei er federleicht, entdeckte er herrliche Strophen, als deren Verfasserin sich in der Schlußzeile Sappho selbst bekannte, und im Rachen eines der Löwen, die aus den Enden des Deckels hervorsprangen, fand er unter der Zunge den Namen des Meisters, der den Sarkophag gefertigt hatte. Es war ein gewisser Hippophilos, der sich einen Schüler des Praxiteles nannte.

Solche und ähnliche Gebilde seiner überreizten Phantasie umschwirrten ihn, wenn er sich in der stillen Nacht ruhelos auf seinem Lager hin- und herwälzte. Beim ersten Morgengrauen war er schon wieder auf den Beinen, und noch bevor die frühesten der Arbeiter zur Stelle waren, kletterte er auf der hölzernen Treppe, die jetzt im Schacht angebracht war, zu den geheimnisvollen Totenkammern hinab und spähte umher, im kindlichen Glauben, daß ihm das narrende Gaukelspiel des Halbtraums am Ende doch richtige Spuren gewiesen habe.

Manchmal wurde er wiederum von bleischwerem Schlafe überfallen, aus dem er gar nicht zu ermuntern war. Wenn er vom getreuen Hassan zur bestimmten Stunde geweckt wurde, so starrte er ihn blöde an. Er brauchte lange Zeit, bis es in ihm aufdämmerte, wo er war, und was der braune Mann mit den glänzend weißen Zähnen und den Waffen im breiten Gürtel eigentlich von ihm wollte. Er aß und trank wenig, ohne Appetit, sogar mit Widerstreben.

Hamdy Bey hatte sich zunächst über den Feuereifer des jungen Professors herzlich gefreut, aber allmählich mischte sich in diese Freude doch ein Gefühl väterlicher Sorge.

»Sie sind unermüdlich, lieber Professor, aber Sie übernehmen sich, wie ich befürchte«, hatte er ihm eines Abends gesagt, als sie im Kiosk einander gegenüber saßen und Andreas das aufgetragene Essen wieder einmal kaum berührte. »So dürfen Sie's nicht weitertreiben! Sie müssen mit Ihren Kräften etwas haushälterischer umgehen. Ich lobe mir Ihren Eifer. Sie haben die richtige sacra fames auri – ich meine natürlich nicht die schnöde Goldgier des niedrigen Genußmenschen; die scheußliche Sucht nach dem Ansammeln von Mitteln, die die Befriedigung gemeiner Lüste ermöglichen, – ich meine die sacra fames, die den richtigen Gelehrten ausmacht: den vornehmen Heißhunger nach den verborgenen Schätzen des Wissens, die der ganzen Menschheit zugute kommen sollen. Das ist löblich und schön, und stündlich habe ich mich meiner Wahl mehr zu freuen. Sie machen der Empfehlung unseres Meisters Renan Ehre. Sie sind mir ein treuer, gewissenhafter, umsichtiger und rastlos fleißiger Mitarbeiter, ein Freund geworden. Aber, aber! ›Ne quid nimis‹, ›pas trop de zèle‹, ›allzuviel ist ungesund‹. Die Alten und Neuen aller Länder haben diese philisterhafte Mahnung zu rationeller Zügelung auch respektabler Leidenschaften, zum Maßhalten auch im Guten zu geflügelten Worten gemacht. Das ist gewiß kein Zufall ... Sie müssen unbedingt ein etwas bedächtigeres Tempo annehmen. Sie müssen sich mehr schonen. Sonst werden Sie mir hier noch ernstlich krank.«

Andreas gelobte nach dieser freundschaftlichen Strafpredigt, die Hamdy öfter wiederholte, Besserung. Er hielt sich denn auch ein paar Tage ganz vernünftig, aber dann ging die Leidenschaft wieder mit ihm durch, und bald trieb er's ärger denn je zuvor.

Die Arbeit, die Hamdy ihm besonders überwiesen hatte, fesselte ihn zwar ungemein, aber seinem Ehrgeize genügte sie doch noch lange nicht!

Wohl hatte er sich gewissenhaft mit dem Meister in der Überwachung der langwierigen und verwickelten Veranstaltungen geteilt, die zur Befreiung der Sarkophage aus ihrer Gruft und zu ihrer Beförderung ans Ufer getroffen werden mußten. Er hütete die seiner Obhut anvertrauten Sarkophage wie seinen Augapfel und stand mitten in der Nacht auf, um die an den unterirdischen Grüften aufgestellten Wachen zu inspizieren. Wohl durchsiebte er selbst den Schutt, war glücklich, wenn er irgendeine wertvolle Kleinigkeit, die Überreste eines vom Rost zerfressenen Bronzeschmucks, ein paar Goldrosetten, die die Diebe verloren hatten, ein von der Feuchtigkeit verbogenes und verunstaltetes Gerät fand, am glücklichsten, wenn er ein Bruchstück von den Sarkophagen selbst aus dem wertlosen Gebröckel herauslas. Am stolzesten war er auf die Aufstöberung zweier alten Bronzelampen, deren sich unzweifelhaft die gewalttätigen Leichenschänder bei ihrer Beraubung der Eingesargten zur Beleuchtung der Totenkammern bedient hatten. Die geringe Qualität der Lampen machte das nahezu zur Gewißheit, und ihre Form berechtigte zu dem Schlusse, daß die Beraubung wahrscheinlich von Zeitgenossen der Bestatteten verübt worden sei, was überdies um so wahrscheinlicher erschien, als man damals noch wissen konnte, welches Versteck die verstorbenen Großen für ihre Beisetzung sich ausersehen hatten.

Aber alles das gewährte ihm noch nicht die volle Befriedigung.

Inmitten all der Freuden, die ihm jede Stunde seines angestrengten Wirkens bereitete, überkam ihn immer wieder eine tiefe Traurigkeit. Als er eingetroffen war, war ja all das Herrliche und Schöne, das nun ans Licht der Sonne geschafft werden sollte, schon aufgefunden!

Schon in der ersten unvergeßlichen Nacht auf syrischem Boden hatte er beim Kerzenlicht die kostbare Truhe mit den klagenden Weibern in der Tiefe des Schachtes erblickt, und am anderen Morgen all die anderen wundervollen Sarkophage: den des »Satrapen« mit den von der durchgesickerten Feuchtigkeit sanft abgestumpften Konturen des Reliefs, den gewaltigen »lykischen« mit dem hohen, mit wundervollen Sphinxen geschmückten Deckel, an den Wänden in flachem Relief Tiergestalten, Eber, Bären und Löwen, vor allem die vor die Quadriga gespannten, sich hoch aufbäumenden Rosse, die zu dem Vollendetsten gehören, was die antike Bildnerkunst überhaupt geschaffen hat, und endlich der größte, kostbarste, im verschwenderischen Reichtum seines farbigen Reliefschmucks einzig dastehende »Sarkophag des Alexander« mit den großartig komponierten wilden Kampf- und Jagdszenen.

Hätte doch auch ihm das gütige Geschick die höchste Gunst gewährt, eines dieser Kunstwerke in der Nacht des Felsengewölbes zu finden!

Der Gedanke ließ ihn nicht los. Er folterte ihn unausgesetzt und unbarmherzig.

Es war nicht törichte Eitelkeit, die ihn quälte. Ob die Welt es je erfuhr, daß er es gewesen, der den Schatz gehoben habe, war ihm vollkommen gleichgültig. An seinen »Ruhm« dachte er dabei nicht. Aber er sehnte sich, sehnte sich mit aller Kraft seiner Seele, mit einem Ungestüm, das er nicht zu zügeln vermochte, nach dem einzigen, was in Jahrhunderten unter ungezählten Millionen Sterblicher kaum einem beschieden ist: der erste zu sein, der diesen ehrwürdigen Gebilden aus grauer Vergangenheit gegenüber tritt, der erste, der vom Zauber ihrer Schönheit umschlungen wird, d e r e r s t e ! Ein Beglücker der Menschheit, zu deren andächtiger Freude, Erhebung und dauerndem Genuß er diese Herrlichkeiten wieder von der Sonne bescheinen lassen würde.

Das dünkte ihn der höchste Augenblick des Glücks. Danach strebte er in wildem Sehnen. Und trotz aller Mahnungen der nüchternen Vernunft steigerte sich von Stunde zu Stunde sein töricht vermessenes Ikarusverlangen.

Inzwischen hatte der geschickte Ingenieur Bechara Effendi die sinnreichen, umfassenden und schwierigen Arbeiten zur Beförderung der Sarkophage nach dem Einschiffungsplatze vollendet. Schon lag der von der Regierung entsandte Dampfer »Dschadik«, der mit allem zur Hebung der schwersten Lasten erforderlichen Material ausgestattet war, mit Kranen und Winden und Hebeln, vor Anker. Nur noch wenige aufregende Tage, – vielleicht die aufregendsten von allen, und die mächtigen Sarkophage waren am Strande, waren mit äußerster Vorsicht in gewaltigen festen Kisten wohlverpackt und an Bord des Staatsschiffs gehoben.

Alles war wohlgeborgen, und auf den heutigen Abend war die frohe Abfahrt angesetzt.

War es in Wahrheit eine f r o h e Abfahrt?

Ohne Zweifel. Aber auch tiefe Wehmut bemächtigte sich der Scheidenden. Sie nahmen Abschied von dem Strande, der ihnen die vollsten und ergreifendsten Freuden ihres Daseins gebracht hatte, von unvergeßlichen und unwiederbringlichen Stunden. Es war ihnen zumute wie dem Alternden, der die Jugend scheiden sieht. Und wenn er nun auch des Ersehnten die Fülle hat, eines fehlt ihm doch und kommt nicht wieder: eben die Jugend, die sich mitleidlos von ihm wendet!»Brüderlein fein, es muß geschieden sein!«

So saßen sie denn am Morgen des Abschiedstages zum letztenmal in dem traulichen Kiosk zusammen, Hamdy Bey und Andreas Möller. Und all die wechselvollen, ergreifenden und erschütternden Begebenheiten der letzten zwei Monate zogen an ihrer Seele vorüber. Und eine tiefe Rührung erfaßte sie.

»Und Sie, mein junger Freund,« sagte Hamdy endlich, »haben rechtschaffen Ihre Pflicht getan. Wir brauchen nicht viel Worte zu machen. Reichen Sie mir die Hand! Sie wissen, was der Händedruck Ihnen sagen soll. Wir sind in den gesegnetsten Stunden in gemeinsamer Arbeit Freunde geworden und wollen es bleiben bis zu unserm letzten Atemzuge.«

Er hatte die zitternde Hand des jungen Freundes ergriffen und sah ihn besorgt an.

»Ihre Hand ist brennend heiß und trocken ... Es ist die höchste Zeit, daß Sie sich endlich in wohlverdienter Ruhe pflegen. Die sollen Sie bei mir finden! Sobald wir unsere Sarkophage ausgeschifft und sie in ihrer vorläufigen, aber sichern Herberge zu Stambul geborgen haben, kommen Sie mit mir nach Gebseh ... Da in der köstlichen Ruhe, in meiner bescheidenen, aber lieblichen Niederlassung am Golf von Ismid, inmitten blühender Rosen und Azaleen, unter düstern Zypressen, mit der Aussicht auf den Hügel, der nach einer alten Sage, die wir grausamen Wissenschafter nicht zerstören wollen, Hannibals Gebeine deckt, auf die herrliche Burgruine des Palaiokastron am Ufer, auf das blaue Wasser des Golfs und auf die malerischen Höhenzüge – da wollen wir Sie wieder frisch und gesund machen. Und dann kehren Sie mit Gott in Ihre Heimat zurück! Und im Gedenken an unsere Gemeinschaft unter Syriens glühender Sonne bearbeiten Sie dann in Ihrem behaglichen Stübchen das unschätzbare Material, das Sie gesammelt haben ... Abgemacht ... Nun? Sie antworten nicht? Sagt Ihnen mein Vorschlag nicht zu?«

Andreas saß unbeweglich da, wie in sich versunken. Er hatte den Kopf geneigt, seine Hände hingen schlaff herab, seine großen Augen leuchteten in unheimlichem Glanze, und ohne zu seinem väterlichen Freunde aufzuschauen, hatte er den Blick starr vor sich hin gerichtet.

»Was fehlt Ihnen?« fragte Hamdy, nun wirklich beunruhigt.

Da sprang Andreas jäh auf, als würde er von einer Feder emporgeschnellt, schüttelte den Kopf und sagte mit trotziger Entschlossenheit, lauter, als er sonst zu sprechen pflegte: »Ich bleibe hier!«

Er ließ sich wieder auf seinen Sitz fallen und starrte vor sich hin.

»Um Gottes willen!« rief Hamdy erschrocken aus. »Was fehlt Ihnen?« wiederholte er dringlich.

»Ich kann nicht von hier fort!« entgegnete Andreas. »Ich kann nicht! Ich kann nicht!« Im Tone seiner Stimme lag etwas nervös Eigensinniges, Weinerliches. Hamdy glaubte, es spräche ein anderer Mensch.

»Ich verstehe Sie kaum ... Sie wollen hier zurückbleiben? Allein?«

»Ja! Ich bin zu krank!«

»Dann müssen Sie erst recht von hier fort! Die Hitze ist jetzt schon am Tage kaum zu ertragen, und es wird noch viel schlimmer! Die nächsten Wochen sind geradezu fürchterlich! Mit dem syrischen Klima ist nicht zu spaßen, namentlich nicht, wenn man, wie Sie, vom Norden kommt. Raffen Sie sich auf, lieber Freund! Sie sind immer tapfer gewesen. Sie werden sich doch im letzten Augenblicke nicht von der Schlaffheit unterkriegen lassen. Lassen Sie sich nur erst einmal gehörig von der frischen Seeluft durchwehen. Sie werden sehen, wie Ihnen das gut tut. Unser braver Kapitän, der Ingenieur und ich – wir wollen Sie schon pflegen. Und wenn wir unser Ziel erreicht haben, sind Sie nirgends besser aufgehoben als in Gebseh. Da haben Sie Ruhe und Frische und im Sommer zufällig auch einen sehr tüchtigen Arzt, der in Deutschland studiert hat, meinen nächsten Nachbarn...«

»Ich danke Ihnen herzlich! Aber ich kann nicht fort! Es ist mir nicht möglich, glauben Sie mir! Bitte, quälen Sie mich nicht! Und machen Sie sich meinetwegen keine Sorgen! Was soll mir denn hier zustoßen? Mein alter Hassan ist mir ergeben wie ein Hund. Alle Leute, die ich hier kennen gelernt habe, sind mir wohlgesinnt. Unser Wirt, Mehmed Scherif Effendi, würde mir jeden Dienst, den ich von ihm erbitten könnte, freudig erweisen. Ärztliche Hilfe brauche ich nicht. Ich brauche nur Ruhe, vollkommene Ruhe! Und die finde ich nirgends so vollkommen wie hier, selbst nicht in Ihrem verlockenden Landsitze zu Gebseh. Ihre Einladung nehme ich herzlich dankend an! Sobald ich mich ausgeruht habe, mache ich einen kleinen Abstecher nach Damaskus, auf den ich mich sehr freue. Ich kenne die herrliche Stadt. Und dann nehme ich in Beirut das erste Schiff, das mich nach Konstantinopel bringt. Dann wollen wir ein fröhliches Wiedersehen feiern.«

Er hatte sich sehr zusammengenommen, um seine innere Unruhe und nervöse Gereiztheit zu verbergen. Es war ihm auch wirklich gelungen, Hamdy durch seine ruhige und bedächtige Rede einigermaßen zu täuschen. Von der Nutzlosigkeit seines weiteren Drängens überzeugt, gab er schließlich, wenn auch nicht leichten Herzens, seinen Widerstand auf.

Andreas reichte ihm die Hand und sagte mit einem mühsamen Lächeln: »Und Sie geben mir also einen regelrechten Urlaub. Die Schlacht ist gewonnen, und wenn ich beim Siegeseinzug fehlen muß, werden Sie mich nicht der Fahnenflucht zeihen?«

»Das bei Gott nicht, mein guter Kamerad!« erwiderte Hamdy wirklich gerührt und drückte ihm fest die Hand.

*

Es war Andreas gar nicht unerwünscht, als dieser peinlichen Szene durch Hassans Eintreten ein Ende gemacht wurde. Hassan sagte etwas in türkischer Sprache, das Andreas nicht verstand. Hamdy erhob sich lachend. In demselben Augenblick hatte Hassan die Tür geöffnet, und herein trat Dr. Goldap, der deutsche Generalkonsul aus Beirut.

Die drei begrüßten sich freundlich.

»Also endlich lassen Sie sich sehen! Ein bißchen spät!« rief Hamdy vergnügt.

»Ja, die verwünschten Berufsgeschäfte!« seufzte Goldap. »Und dann und vor allem die niederträchtige, verächtliche, aber himmlische Faulheit, die man sich hier im Orient angewöhnt. Nichts lernen wir zappeligen Menschen der nordischen Kultur schneller als das gemächliche Tempo des morgenländischen Daseins. Ich hab's nun auch schon dahin gebracht, daß mir ein eiliger Mensch ungesittet, beinahe unanständig vorkommt. Deswegen habe ich mich auch nicht beeilt. Als ich aber hörte, daß die »Dschadik« hier angelaufen ist, da sagte ich mir doch: nun ist es die höchste Zeit, wenn ich Ihre Herrlichkeiten überhaupt sehen will, und da habe ich mich denn schleunigst auf mein Roß geworfen, und da bin ich!«

»Wann haben Sie denn von der Ankunft der »Dschadik« Kenntnis erhalten?« fragte Hamdy belustigt.

»Wann? Nun, das kann doch wohl acht Tage her sein.«

»Acht Tage. Das stimmt ganz genau. Und heute abend dampfen wir ab.«

»Heute noch?«

»Heute noch! Der Kapitän, der uns vor einer halben Stunde verlassen, hat uns gesagt, daß wir etwa eine Stunde vor Sonnenuntergang in See gehen werden.«

»Dann haben Sie also wohl schon alle Sarkophage an Bord gebracht?«

»O ja! schon lange!« erwiderte Hamdy immer lächelnd.

»Aber man wird sie doch an Bord noch sehen können?«

»Das leider nicht! Sie sind alle recht gut verpackt!«

»Ja natürlich!« versetzte Goldap etwas beschämt. »Das hätte ich mir eigentlich selbst sagen können! Das ist ja heiter! Da bekomme ich sie also gar nicht mehr zu sehen? ... Na, wie Allah will! Übrigens komme ich ganz sicher im Herbste nach Konstantinopel. Und mein erster Besuch gilt den Sarkophagen! Das versteht sich! Wer konnte denn aber auch ahnen, daß man sich hierzulande mit der Expedition so fabelhaft beeilen würde? Daran sind Sie ganz allein schuld, Exzellenz! Mit Ihrem Enthusiasmus, mit Ihrem Eifer, mit Ihrer Liebe zur Kunst ... ja, mit solchen Faktoren rechnet man hier gewöhnlich doch nicht!«

Er mußte über sein selbstverschuldetes Mißgeschick auch lachen.

»Und Sie, Herr Professor!« fügte er, sich an Andreas wendend, hinzu, »was müssen Sie von mir denken? Aber um des Himmels willen verraten Sie mich nicht! Bewahren Sie das Geheimnis meiner Schwäche. Machen Sie in Ihrem Reisetagebuch keine Bemerkung über den kunstsinnigen Generalkonsul in Beirut. Ich würde mich totschämen, wenn meine Landsleute von meiner Besichtigung der Sarkophage von Sidon etwas erführen!«

»Ich verspreche es Ihnen!« sagte Andreas lächelnd. »Ich habe Sie um etwas Ernsteres zu bitten: verzeihen Sie mir, wenn ich mich auf eine Stunde zurückziehe. Ich habe einen langen und wichtigen Brief zu schreiben, den ich meinem Freunde mitgeben möchte, um ihn in Konstantinopel auf die Deutsche Post zu geben.« Und einen erstaunten Blick des Generalkonsuls beantwortend, fügte er hinzu: »Ich bleibe nämlich noch einige Zeit hier, Hamdy Bey wird Ihnen alles erzählen. Ich fahre über Beirut zurück, und es versteht sich, daß ich Sie da aufsuchen werde.«

»Und da werden Sie ein paar Tage ... oder noch lieber, ein paar Wochen unser Gast sein! Das ist ja reizend! Sie werden uns eine große Freude bereiten. Meine Frau hat mir natürlich an ihren Landsmann tausend schöne Grüße aufgetragen, die ich ebenso natürlich um ein Haar vergessen hätte.«

»Ich bin Ihnen sehr dankbar! ... Und für jetzt nochmals: verzeihen Sie mir, wenn ich Sie verlassen muß ... Sie bleiben doch noch ein paar Stunden hier?«

»Das ist nun sehr fraglich geworden ... Ich denke doch, daß ich hier ein frisches Pferd finden werde. Mein Diener kann hier übernachten und mit dem Pferde ohne Reiter morgen nach Beirut zurückreiten. Ich mache mich dann bald wieder auf den Heimweg. Es ist mir schließlich noch lieber, wenn ich mich gleich heute von meiner Frau auslachen lasse, dann habe ich's wenigstens hinter mir.«

»Dann also auf alle Fälle: auf Wiedersehen in Beirut!«

»Auf Wiedersehen!«

Sie drückten sich die Hand, und Andreas wandte sich zum Gehen.

»Übrigens ... der von Ihnen erwartete Brief ist noch immer nicht eingetroffen.«

Andreas nickte mit müdem Lächeln und trat in sein kleines Stübchen. Er räumte von dem schmalen Tisch am Fenster die Bücher und Schreibereien, die ihn bedeckten, nahm einen großen Briefbogen und schrieb ...

»Der Professor kommt mir so ... so anders vor, so gedrückt. Hat er sich nicht recht bewährt?« fragte Goldap, nachdem Andreas die Tür geschlossen hatte.

»Ganz im Gegenteil!« rief Hamdy. »Er hat das Ausgezeichnetste geleistet. Er hat nur zu viel gearbeitet. Und nun bricht er zusammen. Er ist krank, wirklich krank. Er will sich hier erholen ...«

»Aber das ist doch ein Unsinn!« fiel der Generalkonsul ein.

»Natürlich ist es ein Unsinn! Ich habe meine ganze Beredsamkeit erschöpft, um ihm das klarzumachen. Er will durchaus keine Vernunft annehmen. Er will bleiben. Er ist eben wirklich krank! Und da ich nicht bei ihm bleiben kann ...«

»So nehme ich ihn mit nach Beirut! Mit tausend Freuden!«

»Sie werden ihn nicht von der Stelle bringen. Geben Sie sich keine Mühe! Er hat sich nun einmal in den Kopf gesetzt, daß er hier und nur hier wieder ruhig werden könne. Dagegen ist nicht anzukommen. Übrigens ist er hier gottlob relativ nicht schlecht aufgehoben. Der Kiosk ist, wie Sie sehen, sehr wohnlich. Wir haben hier am Abend und in der Nacht immer die kühle Luft vom Meere. Der Besitzer des Grundstücks, Mehmed Scherif Effendi, spricht ganz gut Französisch und wird es wohl auch ungefähr schreiben. Er kennt Möller und hat ihn gern. Ihm werde ich vor allem die Pflege meines armen Freundes ans Herz legen. Außerdem ist der alte Hassan, der Möller hier bedient hat, ein durchaus zuverlässiger Mensch. Wenn ich in der Beziehung nicht beruhigt wäre, würde ich Möller sogar unter Anwendung von Gewalt an Bord schleppen. Aber nun kommt meine Bitte – ich möchte doch noch ein übriges tun. Ich möchte auch Ihnen noch empfehlen, sich Ihres Landsmanns anzunehmen.«

»Darauf dürfen Sie sich verlassen. Und da soll mir die orientalische Bequemlichkeit keinen bösen Streich spielen, das verspreche ich Ihnen. Wenn Sie erlauben, begleite ich Sie zu Mehmed Scherif. Ich bitte ihn, mir ganz regelmäßig, wenigstens alle Wochen einmal, ein ganz kurzes Bulletin zu geben, nur eine Zeile. Ich selbst werde in vierzehn Tagen wieder hierher kommen und meine Besuche so lange fortsetzen, bis wir ganz beruhigt sein können. Sollte der Professor, was hoffentlich nicht eintreten wird, wirklich bedenklich krank werden, so würde ich ihn sofort zu mir bringen. Wir haben ein sehr nettes Gartenhaus, das für Fremdenbesuch eingerichtet ist. Da ist er ganz ungestört, und wenn er von uns nichts wissen will, bekommt er von uns nichts zu sehen und nichts zu hören.«

»Das ist mir wirklich eine große Beruhigung!«

»Sehen Sie, nun habe ich meinen Ritt nach Sidon doch nicht vergeblich gemacht!«

Bald darauf brachen sie auf, um mit Mehmed Scherif Effendi alles Erforderliche zu besprechen.

*

Andreas saß an dem unbequemen, kleinen Tischchen am Fenster und schrieb. Er war oft aufgestanden, hatte die Linke an die heiße Stirn gedrückt und den kleinen Raum unruhig durchmessen. Dann hatte er wieder hastig weitergeschrieben. Er schrieb noch lange. Als er endlich damit fertig war, seufzte er tief auf, lehnte sich auf den Stuhl zurück und streckte, die Hände zur Faust ballend, beide Arme wagerecht aus. Dann legte er die Handflächen aufeinander und faltete die Hände. Mit vorgebogenem Oberkörper starrte er lange Zeit auf die vollgeschriebenen Seiten. Es kostete ihn einen ernsthaften Entschluß, das Geschriebene noch einmal durchzulesen.

Der Brief war an Fräulein Sabine Kreutzer bei Frau Steuerinspektor Wittig, Mittelstraße, Berlin NW, adressiert und lautete so:

»Sidon, am 2. Juli.

Geliebte Freundin!

Auf meinen Brief, den ich unmittelbar nach meiner Ankunft auf syrischem Boden von Beirut aus an Sie abgesandt habe, habe ich noch keine Antwort erhalten. Unser dortiger Generalkonsul, an den ich Sie Ihren Brief zu richten bat, hat mir auf meine wiederholten Anfragen mitgeteilt, daß er regelmäßig Briefe und Zeitungen aus Deutschland erhalten habe, – aber nichts für mich. Ich weiß indessen, daß Sie mir antworten werden, und suche nicht nach müßigen Deutungen Ihres Schweigens. Ich will geduldig warten.

Zwischen dem Tage, an dem ich Ihnen zum letzten Male schrieb und heute liegt für mich eine Zeit, die ich als die genußreichste und freudenvollste, aber auch als die anstrengendste Zeit meines Lebens bezeichnen darf.

Was hier in meiner Gegenwart und unter meiner bescheidenen Mitwirkung für die dauernde Freude der Welt gewonnen worden ist, ist unsagbar. Es hat mich stürmisch erregt. Ich darf sagen: das Fieber hat mich am ersten Tage ergriffen und seitdem nicht wieder verlassen. Ich muß der Wahrheit gemäß auch bekennen: das Neue, Ungeahnte und Gewaltige hat mich zeitweise losgelöst von allem, was bisher mein ganzes Sinnen und Trachten ausmachte. Ich muß Anstrengungen machen, um mich auf das zu besinnen, was mich jahrelang früh und spät beschäftigte, was mich ganz erfüllte, ehe ich hierher kam, ehe ich hinabstieg in den mehr denn zwei Jahrtausende alten Schacht und in den stickigen, dunklen Grüften vor den herrlichen Marmorschreinen der alexandrinischen Großen stand.

Wie klein und armselig erscheint mir angesichts dieser Größe und Fülle jetzt alles, was ich früher getrieben habe! Ach, liebe Freundin, der Aufsatz, den meine plötzliche Abreise aus Berlin abbrach, wird nie vollendet werden!

Ich weiß auch nicht, wie ich es im Hörsäle der Universität werde aushalten können, wie ich es anfangen soll, um meinen Schülern Dinge vorzutragen, die mir jetzt so reizlos, so hölzern und nichtig erscheinen.

Was hier auf mich eingedrungen ist, war auch zu überwältigend. Ich weiß, ich werde dergleichen nimmer wieder schauen, nie wieder erleben, nie wieder empfinden. Ich werde mich, wie in etwas verhaßtes Altes oder unerwünscht Neues, in die gewöhnlichen Bedingungen meines Daseins hineinfinden müssen. Eine trostlose Zukunft! ...

Nur eines würde sie mir erträglich machen können, ja goldig aufhellen: die Erwiderung eines ehrlichen Gefühls, das von allem, was meine Seele in diesen letzten Monaten erschüttert hat, unberührt geblieben ist.

Ja, unberührt und unversehrt! Diesem Gefühle bin ich nie untreu geworden, und die stärksten Eindrücke, die ich empfangen habe, haben mich nicht von ihm abzulenken vermocht. Dieses Gefühl ist für mich ein schützendes Obdach gewesen, unter dem ich meine Seele aus dem Getümmel der Erregungen ruhig bergen konnte. In diesem sichern Hafen ankerte mein Schiff, dem auf den stürmisch aufgepeitschten Wogen der Untergang gedroht hatte.

Denn mein Dasein war ebenso schrecklich wie schön: in dem, was es bot, wie in dem, was es versagte – mir versagte!

Es war eine kindliche Überhebung, als ich von meiner Mitwirkung an diesem großen Werke sprach. Was habe ich denn getan? Nichts! In günstiger Beurteilung: wissenschaftliche Handlangerdienste, die mein teurer Freund und Gönner Hamdy Bey weit über Gebühr gepriesen hat. Nichts, nichts habe ich gefunden! Und die höchste Wonne, die stolzen Schläfer aus ihrem langen Schlummer zu neuem Leben in Gegenwart und Zukunft zu erwecken – sie ist mir versagt geblieben!

Und doch ruhen gewiß noch unter diesem Boden, auf dem ich jetzt täglich töricht und unwissend einherschreite, wunderbare Schätze, die zu ihrer Auferstehung nur des hellsehenden Meisters harren. Mir aber kündet kein Irrwisch, der auf dem Grabe tanzt, ihre Stätte.

Und diesen Boden soll ich verlassen? Soll heimkehren mit leeren Händen und mit dem demütigenden Gefühl, daß nur meine Torheit und meine Blindheit daran schuld sind, daß ich diese Schätze nicht aus ihrer Grabesnacht zum goldenen Lichte der Sonne emporhebe?

Nein, das vermag ich nicht!

Mit ehernen Klammern hält es mich hier zurück. Wie eine feige Flucht würde es mir erscheinen, wollte ich mich hier davonstehlen ... wie ein verächtlicher Betrüger, der dem Schicksal seine Schuld nicht zahlen will.

Sie müssen das begreifen! Es wäre traurig, wenn Sie es nicht begriffen.

Leben Sie wohl, geliebte Freundin. Meine Adresse bleibt bis auf weiteres: Dr. Goldap, deutscher Generalkonsul in Beirut.

Ihr

Andreas Möller.«

Der Brief war sehr ungleichmäßig geschrieben: zuerst mit fester kleiner Handschrift, dann in unruhigen, unregelmäßigen Buchstaben, zuletzt zitterig und schieflinig. Auch ein wenig geübtes Auge konnte diesem Schreiben die fieberhafte Erregung seines Urhebers ansehen.

Andreas gab es seinem Freunde Hamdy, als sie beide Arm in Arm durch den schönen Garten, dessen Bäume jetzt von der Sonnenglut versengt waren, nach dem Strande hinabgingen. Der Konsul war schon vor einer Stunde nach Beirut zurückgeritten. Sie waren beide tief ergriffen und sprachen nicht. Von Zeit zu Zeit drückte Hamdy Andreas' Arm mit dem seinigen an sich.

Sie waren unten angekommen. Die Maschine ließ zischend hellgrauen Dampf ausströmen. Auf dem Deck herrschte geschäftiges Treiben.

Hamdy Bey hatte sich von den braven Arbeitern schon mit reichen Geschenken verabschiedet, aber sie hatten es sich nicht nehmen lassen, dem davonziehenden Chef eine letzte Huldigung darzubringen. Sie alle – ihrer zweihundert an der Zahl – standen an der improvisierten Reede in Parade aufgestellt, in ihren schönsten und buntesten Trachten.

Und nun war die Stunde des Abschieds gekommen. Der Ingenieur Bechara, der in Anerkennung seiner hohen Verdienste von Hamdy mit der Einladung beehrt worden war, die Sarkophage mit nach Stambul zu geleiten, hatte dem zurückbleibenden Professor warm die Hand gedrückt. Sie hatten einige herzliche Worte gewechselt, und Bechara Effendi war an Bord gestiegen.

Und nun trat Hamdy Bey an Andreas heran. »Pflegen Sie sich, lieber Freund! Und auf baldiges frohes Wiedersehen!«

»Auf Wiedersehen! Und glückliche Reise!«

Sie umarmten sich. Dann wandte sich Hamdy schnell ab, legte die wenigen Schritte bis zur Brücke fast im Laufschritt zurück, erfaßte das Seil und kletterte hinauf. Als er oben angekommen war und den Fuß aufs Deck setzte, stießen die Arbeiter am Ufer einen hohen, gellenden, langanhaltenden Schrei aus, und mit mächtigem, mißlautendem Brüllen setzte die Dampfpfeife ein.

Die Landungsbrücke wurde aufgezogen. Der Kapitän stand schon oben auf seinem Posten. Das Zischen des ausgelassenen Dampfes hatte aufgehört. Der Anker wurde unter taktmäßig rhythmischem Geschrei der Matrosen gelichtet, die eisernen Ketten schlugen rasselnd auf die Planken, die in langsame Bewegung gesetzte Schraube strudelte gurgelnd wollig schaumige Wassermassen auf, und bedächtig, feierlich glitt das Schiff ab, im tiefblauen Meere eine breite, von schneeig weißem Schaum eingefaßte türkisblaue Furche hinter sich herziehend.

Vom Deck her flatterten zwei weiße Tücher. Andreas schwenkte das seine.

Als er das schöne Schiff, das vollen Flaggenschmuck angelegt hatte, mit der kostbaren Last und dem edlen Freunde an Bord sich immer weiter vom Ufer entfernen sah, bis es in nördlicher Richtung seinen Blicken ganz entschwand, zog tiefe Schwermut in sein Herz ...

Er hatte lange dagestanden. Die Arbeiter hatten sich längst zerstreut und ihre Hütten aufgesucht. Endlich entschloß auch er sich heimzukehren und schritt langsam seiner Behausung zu. Er hatte gar nicht gemerkt, daß Hassan ihm folgte.

Der Kiosk kam ihm erschrecklich ungemütlich, wie ausgestorben vor. Da duldete es ihn nicht länger.

Er trat ins Freie zurück. Da standen Hassan und der jüngere Sadi, des Befehls ihres Herrn gewärtig. Er bedeutete ihnen, ihm zu folgen.

Er nahm den alten wohlbekannten Weg. Als sie am Schacht angelangt waren, rief Andreas ihnen zu: »Wartet!«

»Pek eji, effendim!« antwortete Hassan wie gewöhnlich.

Er stieg die hölzerne Treppe hinab. Er zündete seine Lampe an, die an der gewohnten Stelle stand, und suchte noch einmal die ihres kostbaren Inhalts entleerten Grüfte auf. Mit Wehmut betrachtete er die verwaisten Stätten, die am Boden deutlich wahrnehmbaren Spuren der früheren Standorte der Sarkophage, die jetzt auf dem Meere schwammen.

Seitdem die zur Beförderung nötigen Arbeiten unternommen worden waren, waren die Grüfte nicht mehr gesäubert worden. Die Trümmer des eingerissenen Felsens lagen wüst auf dem Boden umher, Hier war abgewirtschaftet. Und ohne Reue wandten die undankbaren Menschen diesen Stätten, denen sie ihr Herrlichstes entrissen hatten, den Rücken.

Wie lange würde es wohl noch dauern, und der Schacht und die Grüfte; in denen der glückliche Spürsinn des Forschers die königlichen Marmorsärge entdeckt hatte, würden wieder verschüttet sein! Und mit den Jahren würde sich wieder über die verschütteten Höhlen vegetabilische Erde schichten und deren Spuren verdecken. Der Wind würde ihr befruchtenden Samen zuführen, und Halme und

Unkraut würden hier grünen und welken, um wieder zu erblühen. Und in später Zeit würde nur noch die Überlieferung mehr oder minder genau die Stelle bezeichnen, unter der die kostbarsten Sarkophage der Welt geborgen waren.

Er durchleuchtete noch einmal das Gewölbe, in dem er gerade stand. Er wollte das Bild, das er wohl zum letztenmal sehen würde, tief in sein Gedächtnis eingraben.

Der Boden war mit Schutt und ausgebrochenen Steinen bedeckt.

Er leuchtete noch einmal, wie so oft, die Wände ab und beklopfte sie noch einmal wie täglich mit dem Hammer, ob nicht etwa der hohle Klang einen benachbarten Raum verriete. Nichts! Der dumpfe Hammerschlag stellte es außer Zweifel, daß diese Gruft keine andere Nachbarschaft hatte als die felsige Hülle.

Nach allen Seiten hin ließ er den im Reflektor konzentrierten Lichtstrahl gleiten ...

Auf einmal trat er einen Schritt zurück. Er machte eine heftige Bewegung. Dann trat er zögernd wieder einen Schritt vor.

Er hatte den Kopf erhoben. Jetzt reckte er den Hals. Die Lampe beleuchtete hell den südöstlichen Winkel der Totenkammer, und zwar den oberen Teil an der Decke. Es schien ihm, als sähe er da ein Loch ...

Es war doch kein Schattenspiel, keine Täuschung? Es war wohl auch keine zufällige Vertiefung, die dadurch entstanden, daß der Axthieb etwas tiefer in den Sandstein eingedrungen war? Die Wände der Totenkammer zeigten freilich so manche narrende Unebenheit. Aber nein! Das war wirklich ein Loch, da oben, gerade unter der Decke, und gerade im Schnittpunkt ... etwa in der Größe eines Fünfmarkstücks.

Daß es dem wachsamen Auge des Meisters wie seiner eigenen rastlos und sorgfältig forschenden Tätigkeit bis zu dieser Stunde hatte entgehen können, war allerdings nicht zu verwundern. Die eigentümliche Erscheinung, die er jetzt wahrzunehmen glaubte, war so geringfügig, daß er selbst noch an der Richtigkeit seiner Beobachtung zweifelte. Er erspähte die verdächtige Öffnung nur manchmal, wenn das Licht in dem sonst dunkeln Raume in einer gewissen Richtung, die er zufällig gefunden hatte, gerade auf diese Stelle fiel; sie entzog sich der Wahrnehmung aber sogleich wieder, wenn er die Lampe nur ein klein wenig bewegte. Bei der gleichmäßig hellen Beleuchtung, wie sie für die bisher vorgenommenen Arbeiten unerläßlich geworden war, war sie überhaupt nicht zu erkennen.

Wenn nun aber wirklich eine Öffnung da war, was hatte sie für einen Zweck? Was für eine Ursache? Wie tief war sie? Wohin führte sie? Das mußte auf alle Fälle untersucht werden. Es konnte ja eine Spur sein, die weiterleitete.

Gewohnt, einer jeden irgendwie ungewöhnlichen Erscheinung, und sei sie auch noch so geringfügig, eine ernste Beachtung zu schenken, trat er an die Tür der Totenkammer, die in den Schacht mündete, und rief hinauf, man solle ihm eine kleine Leiter bringen.

»Pek eji, effendim!« gab Hassan zur Antwort.

Schon nach wenigen Minuten, die Andreas lang genug erschienen, kamen Hassan und Sadi mit der Leiter heran.

Er kletterte hinauf. Und jetzt, da er die beobachtete Stelle ganz genau und ganz in der Nähe prüfen konnte, fand er zu seiner unbeschreiblichen Freude seine Wahrnehmung völlig bestätigt. Es war ein Loch. Er steckte zwei Finger hinein. Kein Widerstand. Die Finger hatten auf der andern Seite mehr Spielraum. Die Öffnung schien sich zu erweitern.

Nun schlug er mit dem Hammer an die Wand, rechts und links, nach oben und unten. Einmal ... zweimal ...

Die Stelle, die unmittelbar an der kleinen Öffnung war, hatte einen andern Klang, als der andere Teil der Felswände. Hier etwas hohler, dort ganz dumpf ... Hohl ... dumpf ...

Er klopfte und klopfte.

Die Araber, welche die Leiter hielten, horchten auf ... Sie zogen die Brauen bis in die Mitte der Stirn. Hassan hob den Zeigefinger der Rechten und blickte nach oben. Sadi nickte und grinste.

»Stein ausbrechen ... Loch erweitern ... schnell!« rief Andreas. Sein Herz klopfte mächtig.

Hassan, der dreimal sein stereotypes: »Sehr wohl, Herr!« dazwischengeworfen hatte, rief Sadi einige Worte zu, und dieser entfernte sich schleunig.

Andreas stieg herab. Hassan schien sehr glücklich zu sein. Er verbeugte sich tief vor Andreas, ergriff dessen Rockschoß und küßte den Saum. Er zeigte wieder seine weißen Zähne und wies mit bedeutungsvollem Lächeln nach oben.

Sadi kam atemlos wieder und brachte eine Axt und ein Stemmeisen. Geschickt wie eine Katze kletterte Hassan hinauf, während Sadi die Leiter hielt, und begann sogleich sein Zerstörungswerk. Abgeschlagene Felsstücke kollerten herab ...

In fieberhafter Erregung sah Andreas von unten dem Alten zu, der, von der Ungeduld seines Herrn angesteckt, mit aller Wucht seine wohlgezielten Schläge führte.

»Stößt du auf den Felsen?«

Die Öffnung war jetzt schon so weit, daß Hassan mit der ganzen Hand durchfahren konnte. Sein Arm drang bis zur Achselhöhle vor, ohne einem Widerstande zu begegnen.

»Nein ... Loch ... Effendim!«

»Vorwärts! Vorwärts!« schrie Andreas.

Hassan hatte in kürzester Zeit eine Öffnung gebrochen, die groß genug war, um einen schmächtigen Menschen einzulassen.

»Komm herunter!« rief Andreas.

»Pek eji, effendim!«

Nun kletterte Andreas wieder hinauf. Er ließ sich die Magnesiumlampe reichen und das blendende Licht in den eben erschlossenen Raum fallen, aus dem ein fader, widriger, feuchter, stockiger Moderdunst drang.

Eine starke Enttäuschung bemächtigte sich Andreas'. Der Raum war leer. Er war auch viel zu eng und zu niedrig, um einen Sarkophag aufnehmen zu können – im ganzen in seinem kubischen Inhalt überhaupt nicht größer als einer der mittleren Sarkophage.

Andreas leuchtete nach allen Richtungen hin. Eine schmutzige, dunstige, viereckige Höhlung, etwa ein Meter hoch und breit, kaum drei Meter lang, deren Boden etwa zwei Fuß tiefer lag, als die Decke der Gruft, in der er sich befand.

Er zwängte sich durch die Öffnung und kroch in den ungastlichen Raum hinein. Er mußte den Kopf tief ducken, um nicht an die Decke zu stoßen. Die Lampe stellte er in die Ecke und kroch nun, überall herumtastend, am Boden.

Schutt und Staub ... und da: Überreste von menschlichem Gebein. Ein Schädel, der noch ziemlich gut erhalten war, einige Rippen, ein Stück vom Beckenknochen ... Es war ein Felsengrab.

Aber wie konnte die Leiche hier bestattet worden sein? Auf welchem Wege war sie hier hereingekommen? Es mußte doch irgendwo ein Zugang vorhanden sein! Von der Gruft her, aus der er kam, konnte die Leiche natürlich nicht hereingeschafft worden sein. Durch das kleine Loch hatte sie nicht schlüpfen, und der Felsen hatte hinter ihr nicht wieder zuwachsen können ...

Also: von oben! Entweder unmittelbar durch einen darüberliegenden Schacht, oder mittelbar von der Seite her durch einen danebenliegenden.

Er legte sich auf den Rücken und blickte zur Decke auf.

Da war die Bestätigung seiner Voraussetzung! Die Decke war von gleichmäßigen, sorgfältig behauenen, größeren Felsblöcken gebildet. Dies Grab hatte nur gesprengt werden können, wenn ein zweiter Schacht von oben herabführte. Von oben waren die Steine, welche die Decke bildeten, aufgelegt.

Er machte sich auch sogleich klar, daß das Felsengrab, in dem er jetzt auf dem Rücken ausgestreckt lag, älter sein mußte, als die Totenkammer, aus der er eingestiegen war. Jetzt verstand er auch, weshalb die Wand jener Totenkammer gerade an der Stelle, wo er das Loch erspäht hatte, einen Winkel machte, und er erklärte sich nun auch die Ursache des Lochs. Die Steinbrecher, welche die Gruft, aus der er gekommen war, gehöhlt hatten, waren offenbar bei ihrer Arbeit auf das alte Felsengrab gestoßen, in dem er jetzt lag. Als sie das durch das Einschlagen der Wand, durch das kleine Loch, gemerkt, hatten sie ihre Arbeit sogleich nach der anderen Richtung fortgesetzt. Sie hatten die Heiligkeit des Todes, den Wunsch der hier Bestatteten, in tiefer Verborgenheit den ewigen Schlummer zu schlafen, respektieren wollen.

Der Aufenthalt in dem engen, heißen, luftleeren, stickigen Raum war so furchtbar, daß ihm die Sinne zu schwinden drohten. Der Kopf war ihm von dem Moder- und Verwesungsgerüche benommen, er litt an Atemnot, es summte und rauschte ihm in den Ohren. Unter Anspannung aller Willenskraft rappelte er sich auf und machte Versuche, wieder durch die Öffnung, durch die er eingedrungen war, hinauszukriechen. Aber er war von Schwindel und Übelkeit so hinfällig und elend, daß es ihm erst mit Hilfe Hassans, der gesehen hatte, wie sich sein armer Herr abquälte, und eilends hinaufgeklettert war, gelang, sich durchzuquetschen und den Fuß auf die oberste Sprosse zu setzen.

Von Hassan gestützt, beinahe getragen, kam er unten an. Er taumelte durch die Gruft.

Als er im Schacht angelangt war, in freier Luft, den Himmel über sich, machte er einige tiefe Atemzüge und stieg dann langsam und mühsam die hölzerne Treppe hinauf.

Damit hatte er seine letzte Kraft erschöpft. Oben auf dem Hügel konnte er nicht weiter. Er ließ sich auf den Boden fallen, legte sich auf den Rücken, streckte die Arme wagerecht von sich und keuchte.

Hassan, der ihm auf dem Fuße gefolgt war, war sehr besorgt und wollte sich um ihn bemühen.

»Laß nur, Hassan!« wehrte ihm Andreas freundlich mit matter Stimme. »Es ist nichts. Nur etwas ruhen!«

Inzwischen war auch Sadi aus dem Schachte heraufgestiegen. Hassan gab ihm einen Befehl. Sadi stürzte davon. Nach kurzer Zeit kam er in vollem Lauf zurück. Er brachte in einem irdenen Kruge von der nahen Quelle kühles Wasser. Andreas dankte mit einer schwachen Bewegung des Kopfes. Er richtete sich halb auf und trank begierig einige Schluck. Dann ließ er sich Wasser in die Hände gießen und wusch sich die Stirn.

Es tat ihm sehr wohl. Er stand nun ganz auf und sagte zu Hassan: »Bestelle zu morgen ganz früh, zu Sonnenaufgang, Arbeiter soviel wie möglich, wir wollen graben!«

Seine ursprüngliche Absicht, noch einmal hinabzusteigen, mußte er aufgeben, denn er fühlte sich noch sterbensmatt. Am die paar Schritte zum Kiosk zurückzulegen, mußte er sich auf Hassan stützen. Ohne sich zu entkleiden, warf er sich auf sein Lager und schlief sogleich ein ...

Vor Morgengrauen fuhr er aus seinem schweren Schlafe jählings auf. Er fühlte sich noch wie zerschlagen, aber die Kraft seines Willens besiegte seine körperliche Hinfälligkeit. Er rieb sich mit eiskaltem Wasser ab und tauchte den Kopf zu wiederholten Malen lange und tief ins Becken. Mit Besorgnis sah Hassan diesem Treiben zu und schüttelte das würdige Haupt.

Die Arbeiter kamen früh, – noch immer zu spät für Andreas' Ungeduld. Er hatte inzwischen die erforderlichen Messungen vorgenommen und die Stelle auf der Oberfläche des Felsengrabes genau bezeichnet.

Die Leute entfernten die vegetabilische Erdschicht, auf der das Unkraut gerade hier besonders üppig wucherte ... Sie stießen auf die harte felsige Unterlage. Von einem Eingange zu einem Schacht war keine Spur zu ermitteln.

»Er m u ß da sein, der Schacht!« rief Andreas, der mit gierigen Blicken den Arbeiten der Gräber folgte. »Nur weiter ... nach d e r Richtung hin!«

Auf einmal stieß einer der Arbeiter einen gellenden Schrei aus. Alle stürzten herbei ... Zerbröckeltes Geröll, festgebackte Erde ... es war der Schacht! Andreas schrie laut auf vor Freude.

»Vorwärts, vorwärts, Leute! Heute gibt es doppelte Löhnung! Nur schnell vorwärts!«

Hassan verdolmetschte die Worte des Herrn, die jubelnd aufgenommen wurden. Mit wahrem Feuereifer machten sich die Leute an die Entleerung des Schachts.

Aber es war eine langwierige und schwierige Arbeit, und Andreas war ganz verzweifelt, als er beim Sonnenuntergang konstatieren mußte, wie wenig trotz aller Anstrengungen geleistet worden war, wie viel noch zu tun übrigblieb!

So schnell die Aufräumung auch erfolgte, die Dauer erlegte Andreas kaum erträgliche Qualen auf. Eine kindische Ungeduld verzehrte ihn. Auch am zweiten Tage war er von früh bis spät am Schacht und feuerte seine Leute durch seinen Eifer zu übermenschlichen Anstrengungen an.

Dies Warten und Warten, dies Gefühl der Ohnmacht, durch eigene Tätigkeit die Sache zu fördern, die niederdrückende Erkenntnis, daß sie sich eben nicht beschleunigen ließ, – das war vielleicht die größte der Qualen, die Andreas zu erdulden hatte. Es war beinahe als ein Glück zu preisen, daß sein Schwächezustand ihn einige Tage ans Bett fesselte.

Der Besitzer des Grundstücks, Mehmed Scherif, dem Andreas von Hamdy Bey vom Generalkonsul Dr. Goldap aufs wärmste empfohlen war, nahm sich seiner liebevoll an. Er verbrachte täglich mehrere Stunden am Bette des jungen Gelehrten, verplauderte ihm die Zeit mit hübschen Geschichten aus dem Morgenlande, – Mehmed Scherif war ein vorzüglicher Erzähler und sprach recht gut Französisch, – und konnte der Wahrheit gemäß nach Beirut berichten, daß Professor Möller zwar recht schwach sei, daß aber sein Zustand nicht beunruhigen dürfe, daß er in guter Pflege und folgsam sei.

Hassan hatte seinen Herrn in der Beaufsichtigung der Arbeiten vortrefflich vertreten. Am selben Tage, an dem Andreas sich kräftig genug fühlte, um sein Lager zu verlassen, konnte ihm Hassan auch die freudige Mitteilung machen, daß der Schacht bis auf den Grund von Schutt, Geröll und fester Erde befreit sei.

Im ersten Augenblicke der Besichtigung gewahrte Andreas zu seiner Linken die mit kleinen Felsstücken wieder verschlossene Öffnung zu dem Grabe, in das er neun Tage vorher durch den früher aufgedeckten Schacht von der anderen Seite her gelangt war.

In viel höherem Maße aber wurde seine Aufmerksamkeit gefesselt durch eine andere Einsprengung in den Felsen zu seiner Rechten. Diese Tür war beträchtlich größer und viel sorgfältiger versperrt. Sie entsprach in ihren Verhältnissen und in der Art ihrer

Verschließung durch größere und kleinere Felsstücke durchaus den Zugängen zu den Totenkammern, in denen die herrlichen, von Hamdy Bey entdeckten Sarkophage gestanden hatten.

Auch in diesem Punkte hatte sich seine Voraussetzung und Folgerung als richtig erwiesen: der neu aufgetane Schacht führte noch zu anderen Verborgenheiten!

Die Blöcke und Steine waren bald so weit beseitigt, daß Andreas und Hassan durch die ungeschlachte Tür eindringen konnten.

Ein leerer, quadratischer Raum, etwa fünf Meter im Geviert, zwei Meter hoch. Die Decke war durch den Felsen mit den charakteristischen Brüchen des Sandsteins gebildet. Aber der Boden! Er wies eine Art von roher Pflasterung auf. Andreas ließ die grob behauenen Steine sofort aufbrechen. Sie ruhten auf einer Erdschicht, die steinhart geworden war. Die Arbeiter verdoppelten ihre Anstrengungen, um auch dieses Hindernis zu beseitigen. Da stießen sie mit ihren Schippen und Schaufeln auf harten Widerstand.

»Der Felsen«, sagten sie und ließen ihre Geräte auf der steinigen Unterlage klirren.

Andreas furchte die Stirn. Eine tiefe Entmutigung befiel ihn.

So sollte denn wirklich die so viel verheißende Spur zu keinem Ziele führen?

Nein, das war undenkbar! Die gewaltige Arbeit, die hier in einer noch nicht annähernd bestimmbaren Vergangenheit geleistet worden war, mußte doch einen vernünftigen Zweck gehabt haben. Einer müßigen Spielerei und Fopperei halber hatte man doch sicherlich nicht den Felsen mit unsäglicher Mühe kunstvoll gehöhlt, um ihn dann wieder zu verschütten.

»Vorwärts! Schafft die Erde weg! Säubert den Boden!«

Jetzt hatte man den steinernen Grund etwa zwei bis drei Quadratfuß breit von seiner irdenen Decke befreit...

Andreas jauchzte auf. Es war nicht der Felsen:

Es war ein künstlich geschaffener Boden, in der Mitte ein mächtiger, sorgfältig behauener Block. Als die ganze Erdschicht beseitigt war, ergab die Messung, daß er über drei Meter lang und anderthalb Meter breit war. Ringsum war er von größeren Felsstücken und kleineren Steinbrocken eingefaßt. Auch diese wurden im Laufe des Tages noch zum großen Teil herausgeschafft. Jetzt konnte Andreas feststellen, daß der kolossale Monolith ebenso dick wie breit war – anderthalb Meter.

Aber wie dies Ungeheuer bewegen? Diesen trägen, plumpen, steinernen Riesen, der den ihm anvertrauten Schatz so wohl hütete?

Andreas wußte freilich, daß Mehmed Scherif für seine Bauzwecke einige der praktischen Winden und Hebevorrichtungen, die Hamdy Bey mitgebracht, käuflich von diesem erstanden hatte. Aber zur Hebung eines so kolossalen Gewichts waren sie sicherlich nicht ausreichend. Da gab es also nur ein Mittel, um dieses Hindernis zu überwinden: der gewaltige Stein mußte zerkleinert werden. Zum Glück war er nicht hart. Die Steinsägen arbeiteten unausgesetzt, den ganzen Abend, die ganze Nacht hindurch.

Am andern Mittag war der Steinblock um die Hälfte verdünnt.

Jetzt die Haken eingeschlagen, Winden und Hebel in Bewegung gesetzt!

Die Räder und Schrauben und Walzen knarrten und ächzten und stöhnten. Und langsam, langsam hob sich der gewaltige Block, hob sich so hoch, daß er von der vereinten Kraft der Arbeiter unmerklich, aber stetig, Zentimeter um Zentimeter aus seiner zentralen Lage näher an die Wand der Felsenhöhle geschoben werden konnte ...

Und nun ward es zur Gewißheit; unten war ein hohler Raum, eine Kammer! Zwischen dem Rande des Felsblocks in seiner jetzt veränderten Lage und seiner alten Einfassung öffnete sich ein Spalt ...

Mit pochendem Herzen sah Andreas diesem Schauspiel zu. Sein feuriges Wort beflügelte den unermüdlichen Eifer seiner willigen Leute.

Nun klaffte bereits zwischen dem Rande des riesigen Steinblocks und seiner früheren steinernen Umrahmung, von der er abgedrängt wurde, ein langer dunkler Spalt von etwa einem halben Meter Breite...

Was barg die steinerne Decke, die jetzt mit unsäglicher Mühe gelüftet wurde?

Unwiderstehlich trieb es ihn an den Rand des Spaltes, und er blickte hinab in die Finsternis da unten, die ihn gewaltsam an sich riß, wie den Schwindelnden der Abgrund. Schon griff er nach der Magnesiumlampe, um helles Licht in diese Nacht fallen zu lassen – den ersten Strahl seit sicherlich mehr denn zwei Jahrtausenden.

Aber ein unerklärliches Gefühl – war es törichte Angst, oder war es heilige Scheu vor der Majestät des Todes? – zügelte seine stachelnde Wißbegier. Eine unsichtbare Gewalt lähmte seine Hand. Er ließ von seinem Vorhaben ab und starrte schaudernd in die geheimnisvolle Tiefe.

Langsam, langsam rückte, unter dem Stöhnen der Hebel und den rhythmisch ausgestoßenen Schreien der keuchenden Arbeiter, der steinerne Koloß der Wand näher und näher.

Da faßte sich Andreas ein Herz.

»Eine Leiter!« schrie er Hassan zu.

Aber seine Hand zitterte, als er nach der Lampe griff, und seine Beine schlotterten, als er neben der langen und weiten Öffnung, die bis zu dieser Stunde so wohl verschlossen gewesen war, niederkniete.

Und nun fiel das grelle Licht in die nächtliche Tiefe.

Und da sah er auf dem Boden, inmitten des unterirdischen Gemachs, das auf sein Geheiß widerwillig das steinerne Tor vor ihm hatte öffnen müssen, einen mächtigen Sarkophag, staubbedeckt, – wie es schien, aus schwarzem Gestein...

Ein eisiger Schauer lief ihm über den Rücken, Er zitterte und bebte.

Der Augenblick des höchsten Glücks, nach dem er sein ganzes Leben mit fieberndem Ungestüm gelechzt hatte, – nun war er da! Aber er war von der Macht des Eindrucks so überwältigt, in tiefster Seele so erschüttert, daß er dessen nicht froh werden konnte.

Wer war der stolze, einsame Schläfer, der sich hier in den harten Felsen, mehr denn dreißig Fuß tief unter der Oberfläche in unfindbarem Versteck, zu dem nur ein Zufall die scharfsinnige Forschung geführt, hatte einscharren lassen?

Wer war dieser stolze, einsame Mann?

In dieser gewaltigen Abgeschiedenheit von allem, was das Licht der Sonne schaut, in diesem eigenwilligen Eindringen in den Schoß des Felsens, in dieser nächtigen Verborgenheit, von Felsen umschlossen und von Felsen verrammelt, lag doch eine erschütternde Größe, etwas Erhabenes.

War es nicht eine Grausamkeit, war es nicht ein Frevel, diesen schwarzen Schrein aus seinem Gewahrsam herauszuzerren und dem so gebieterisch bekundeten Willen des darin Gebetteten zum Trotz das Tageslicht, vor dem er sich in undurchdringliche Nacht geflüchtet hatte, darauf fallen zu lassen?

Siedend heiß stieg ihm das Blut Zu Kopf, seine Pulse hämmerten, und dicke Schweißtropfen traten ihm auf die Stirn. Ein nie gekanntes Angstgefühl schnürte ihm die Kehle zu...

Und das war der Augenblick des höchsten Glücks, nach dem er sich in Wachen und Träumen gesehnt hatte. Es währte lange, bis er die Herrschaft über sich zurückgewann.

Mit trotziger Entschlossenheit stieg er die Leiter, die inzwischen eingesetzt war, hinab.

Er wehrte Hassan, der ihm folgen wollte. Mit dem Toten wollte er allein sein...

Und nun stand er vor dem Sarkophag.

Es war ein anthropoïder Totenschrein aus schwarz-grünlichem Stein in ägyptischem Stile: eine Truhe mit menschlichem Antlitz, die in ihrer Form in groben Andeutungen ungefähr den Verhältnissen in der Modellierung der menschlichen Gestalt entsprach. Das plattgedrückte Gesicht mit den weit geöffneten Augen hatte einen lächelnden Ausdruck. Die großen, abstehenden Ohren lagen flach auf. Halslos steckte der Kopf im Rumpfe. Die Schultern waren abgerundet.

Andreas entfernte mit seinem Tuche oberflächlich die dicke Staubschicht, die sich auf der ganzen oberen Seite des Sarkophags gelagert hatte. Er entdeckte am oberen Teile eingegrabene Ornamente – zwei Adlerflügel... Und da waren auch die Schriftzeichen! Eine Inschrift! – Das war es vor allem, was ihn in diesem Augenblick erregte und mit hoffnungsvollem Ungestüm ganz erfüllte. Wie hatte er auf jenen herrlichen Sarkophagen, die jetzt sicherlich schon an ihrem Bestimmungsort gelandet waren, nach einer Inschrift gespäht! Umsonst! Kein Wort, kein Zeichen hatte über die Gewaltigen, deren Gebeine in diesen wundervollen Truhen geruht hatten, Aufschluß geben wollen.

Hier aber war, wie er jetzt schon deutlich erkennen konnte, der ganze Deckel mit eingeritzten Schriftzeichen bedeckt! Hieroglyphen auf dem ganzen Rumpf des steinernen Gehäuses...

Und da – am Fußende, dessen Erhöhung die aufrecht stehenden Füße der liegenden Gestalt veranschaulichen sollte, war eine umfangreiche phönizische Inschrift eingemeißelt. Waren auch die Eingrabungen, in die sich der Staub eingefressen hatte, noch nicht deutlich zu erkennen, so täuschte er sich doch nicht: es waren wirklich phönizische Zeichen!

Er entzifferte sogleich einen ihm wohlbekannten Namen: T a b n i t .

Tabnit, der Vater des Eschmunasar!...

Bei welchem besonderen Anlasse hatte er diese Namen doch zum letzten Male genannt? Tabnit... Eschmunasar?...

Die Frage schoß ihm pfeilschnell durch das Gehirn. Er suchte kaum eine Antwort darauf. Seine Erregung war furchtbar. Das Fieber durchschüttelte ihn. Mit blödem Ausdruck starrte er die Zeichen an, die sich vor seinen Augen zu spukhaftem Unsinn verwirrten und einen greulichen Ringeltanz ausführten, der sein krankes Hirn umkreiste.

Ihm war, als ob in dieser stickigen Moderluft der Hauch des Todes aus dem schwarzen Schreine dränge und ihn verpestend anwehte. Er schwankte.

»Wasser herbei!« rief er kreischend, mit Anspannung aller seiner Kräfte. »Wasser! Und Tücher! Und Bürsten! Reinigt den Deckel! Hebt den Deckel! Hassan, hörst du? Hebt den Deckel!«

»Pek eji, effendim!« kam es von oben.

Das waren die letzten Worte, die er dumpf und wie aus weiter, weiter Ferne vernahm. Dann schwanden ihm die Sinne, und er brach neben dem schwarzen Sarkophag zusammen.

Er hatte eine lange Ohnmacht...

Als er wieder zu sich kam, riß er die Augen weit auf. Ein niedriger Raum, felsige Wände, die Decke durchbrochen. Er wußte nicht, was mit ihm geschehen war, wo er sich befand. Er betastete sein Gesicht. Es war feucht. Auch seine Kleider waren besprengt. Über sich erblickte er das treue, braune Gesicht eines alten Mannes, der sich liebevoll über ihn beugte. War das nicht der treue Hassan? Was hatte der Alte am Boden zu kauern? Und weshalb ruhte sein Kopf auf des Alten Schoß?

Und da waren ein Dutzend Araber geschäftig. Und an mächtigen Tauen, die aus einer dunkeln Öffnung von oben herabgelassen waren, schwebte ein unförmiges schwarzes Ding, das all die merkwürdigen Leute da mit äußerster Vorsicht langsam auf den Boden herabgleiten ließen.

Was sollte das alles bedeuten?

Er richtete sich auf.

»Was das heißen soll, frage ich?« rief er ungeduldig, als ob er die Frage schon gestellt hätte, und man ihm die Antwort schuldig geblieben wäre.

»Der Deckel gehoben, wie du befohlen, Herr!« erwiderte Hassan unterwürfig. »Jetzt Reinigung.«

Andreas nickte. Das dämmernde Bewußtsein hellte sich auf.

»Lange geschlafen, Herr! Sehr lange! Gute Gesundheit?« erkundigte sich Hassan teilnahmvoll.

»Ganz gut, Alter!«

Andreas trat festen Schrittes an die nun geöffnete Truhe heran, deren Deckel jetzt daneben auf den Boden niedergelassen war. Während sich die Arbeiter bemühten, den Schutt und Staub abzuwaschen und aus den eingegrabenen Verzierungen und Schriftzeichen auszubürsten, beugte sich Andreas über die Wanne des offenen Totenschreins und prüfte deren Inhalt.

Aus einer Schicht gelblichen Sandes, der sich feucht anfühlte, blickten schaurig die sterblichen Überreste dessen, der einst ein Großer dieser Erde gewesen war. Auf einem an den Seiten durchlochten Brett der Sykomore lag die Leiche, die früher angeschnallt gewesen war. In zweien der Löcher staken noch die silbernen Ringe, durch die die Schnüre gezogen worden waren. Der Schädel war entfleischt, das Gebiß bis auf einige Vorderzähne gut erhalten. Das Gerippe hatte dem Zerstörungswerke der Zeit nahezu vollkommen widerstanden, die Beine waren sogar noch zum Teil mit zähem lederartigen Fleisch bedeckt. Ein Teil der Eingeweide, Herz, Lunge, Nieren und Magen, – alles bräunlich grün, mumienartig hart und straff, – waren von der Verwesung verschont geblieben.

Mit tiefem, Ernst, aber jetzt völlig gefaßt, blickte Andreas auf den Eingesargten. Bei jeder Betastung des feuchten Sandes überlief es ihn. Er betrachtete die Leiche lange. Er hörte die Arbeiter nicht, die unmittelbar neben ihm geschäftig waren, er sah sie nicht. Er sah aber, wie sich aus den leeren Augenhöhlen der Mumie ein entsetzlicher, zorniger, drohender Blick auf ihn richtete. Er wich unwillkürlich einen Schritt zurück und wandte sich ab.

Jetzt sah er sich in dem vom Magnesiumlicht hell beleuchteten Raume mit gefurchter Stirn finster um. Er befahl den Leuten, sich zu entfernen, – allen, auch Hassan! Sie gehorchten stumm und kletterten hinauf.

Nun war er wieder allein mit dem Toten, der ihn so grausig böse angeglotzt hatte.

Er wollte dem strafenden, dem fürchterlichen Blicke ausweichen und kniete wieder neben dem Deckel. Da fiel sein Auge auf die phönizische Inschrift, deren Züge jetzt nach der Säuberung des Deckels in wunderbarer Schärfe hervortraten.

Er strich mit der flachen Hand über die Stirn, und sein Gesicht nahm nun, während er sich über die Erhöhung am Fußende des Deckels beugte, plötzlich einen völlig veränderten Ausdruck an. Er war wie losgelöst von all dem Unheimlichen, das ihn soeben noch beängstigt hatte. Seine Lippen öffneten sich ein wenig, und ein freudiger Zug umzog sie, seine Stirn glättete sich, und seine Augen, die sich in die Zacken und Spitzen der eingeritzten Zeichen ganz versenkten, leuchteten.

Denn sie waren ihm wohl vertraut, diese Zeichen, die mit der Inschrift auf dem Sarkophage des Eschmunasar völlig übereinstimmten, und er wußte deren Sinn zu deuten.

Hassan hatte sich im oberen dunkeln Räume, hart am Rande der Öffnung, auf den Boden gestreckt und beobachtete geduldig und erstaunt das sonderbare Treiben seines Herrn. Was starrte er nun immer auf die eingekratzten Kritzeleien? Weswegen lächelte er jetzt? Weshalb verdüsterte sich nun plötzlich seine Stirn? Weshalb wich er jetzt wie scheu von dem schwarzen Steine zurück und strebte dann wieder dahin, als ob er von einem Magneten angezogen würde? Weshalb sprang er jetzt wieder auf, um alsdann abermals neben dem Steine niederzuknien? Und so trieb es der gute Herr nun schon lange, lange Zeit. Es mußten wohl Stunden vergangen sein!!Und der arme Herr hatte nichts genossen, seit früh am Tage!...

Ja, es waren Stunden vergangen. Nun aber hatte Andreas die ganze Inschrift entziffert, und mit heftig zitternder Hand schrieb er, während er sich immer wieder über den Stein beugte und mit der Linken eine Zeichengruppe nach der andern betastete, die nachstehende Übersetzung in sein Notizbuch:

» Ich, Tabnit, Priester der Astarte, König von Sidon, ruhe allein in diesem Schrein. Wer du auch seiest, der diesen Schrein entdeckt, - Mensch, öffne nicht mein Totengemach. Störe meine Ruhe nicht. Du findest bei mir weder Silber noch Gold noch andere Kostbarkeiten. Ich bin allein in meinem Kämmerlein. Öffne es nicht, denn ein solches Tun ist Greuel von Astarte. Öffnest du aber gleichwohl meinen Totenschrein und störst du meine Ruhe, so sollst auch du keine Ruhe finden auf Erden! Das Blut soll dir in den Adern kochen. Verlassen soll dich das Weib, das du liebst. Deine Sinne sollen sich verwirren. Erstarren sollen deine Glieder. Du sollst lebend tot sein, und wenn du stirbst, ruhelos weiter leben! Das will Astarte. Und also verkündet es dir ihr Priester Tabnit, König von Sidon.«

Als Andreas die Niederschrift vollendet hatte, schob er das Buch, als habe er einen Diebstahl zu verbergen, in die Seitentasche und erhob sich ängstlich. Er schlich sich behutsam an der offenen Wanne des Sarkophags vorbei und legte die linke Hand wie eine Scheuklappe an die Schläfe, um nur den nicht zu sehen, der einst ein König von Sidon war und ein Priester der blutgierigen Astarte – Tabnit, dessen ergrimmter Blick aus den augenlosen Höhlen ihn überall verfolgte, dessen grausige Verwünschung er aus den Schriftzeichen herausgelesen hatte, und die in seinem Innern dröhnend widerhallte.

So schnell er es vermochte, kletterte er die Leiter hinauf. Er stürmte und stolperte durch den oberen Raum, der durch das Licht, das von unten her aus der Totengruft drang, und von der Seite durch die Öffnung nach dem Schacht eigentümlich schummerig beleuchtet war. Er bemerkte nicht einmal Hassan...

Nur hinaus, hinaus! In Gottes freie Luft, ins goldige Sonnenlicht.

Andreas war ganz betroffen, als er in den Schacht trat. In der heißen, blendenden Mittagssonne war er in die unterirdischen Höhlungen eingedrungen. Jetzt stand hoch am nächtlichen Himmel der fast volle Mond und goß sein schimmerndes Licht auf die schlummernde Erde. Es war um Mitternacht.

Elf Stunden hatte Andreas da unten im Reiche des Schattens und der Verwesung verbracht. Es trieb ihn mächtig nach dem Kiosk. Es dünkte ihn, er sei da geborgener. Er legte die erste Strecke des kurzen Wegs fast im Laufschritt zurück. Auf einmal blieb er stehen. Auf dem hellen, mondbeglänzten Boden zeichneten sich die schwarzen Schatten der hohen Zypressen und weitverzweigten Platanen, der Rosen- und Bananensträucher scharf ab. Die Schatten verwirrten ihn. Er glaubte Löcher und Gräben vor sich zu sehen. Hunderte von Malen, bei Tag und Nacht, hatte er den Weg genommen. Jetzt kam ihm alles so wunderlich verändert vor. Er wandte sich jäh um...

Unmittelbar vor ihm, Angesicht an Angesicht, stand ein alter Mann in heller Gewandung.

Andreas prallte zurück.

»Was willst du?« fuhr er den Alten barsch an.

»Dir dienen, Effendim«, antwortete Hassan ehrerbietig.

»Gut, gut«, sagte Andreas, wie aus einem Traume erwachend. »Du bist es, Hassan? Mir dienen? Ganz recht! So stelle Wachen auf! Dort an der Gruft! Und daß niemand wage, ihn zu berühren! Hörst du? Er ist ein Priester und ein König von Sidon!« »Sehr wohl, Herr!«

»Gib mir deinen Arm! Führe mich!«

Er stützte sich auf den Alten und ging einige Schritte neben ihm her. Aber der Alte kroch ja wie eine Schnecke! Ihn aber drängte es fort – fort von hier!... Denn hier folgte ihm auf Schritt und Tritt der zornige Blick dessen, der da unten lag.

Die Wanne des Sarkophags stand offen, die Decke der Gruft war gesprengt, die Tür zum Schacht war geöffnet, und durch den Schacht hatte er freien Zugang zum Garten. Hier konnt' er ihm freilich eilends nachsetzen! Hier konnte er ihn beängstigen durch den schrecklichen Blick aus den grausigen Augenhöhlen. Hier konnte er ihm den Fluch, der den Leichenschänder treffen sollte, in die Ohren schreien.

Und Andreas schloß, seine Augen, um den Blick nicht zu sehen, und hielt sich die Ohren zu, um den Fluch nicht zu hören... Umsonst! Er sah den ingrimmigen Blick und hörte die entrüstete Stimme des Toten:

»Du sollst keine Ruhe haben auf Erden!«

Er riß sich vom Arme des Alten los und stürmte vorwärts... nach dem Kiosk! Da wollte er die Fenster fest verschließen, die Tür verrammeln und sich verbarrikadieren gegen jeden frechen Eindringling von außen. Da wollte er endlich der heiß ersehnten Ruhe pflegen.

»Du sollst keine Ruhe haben auf Erden!« dröhnte es ihm wieder in den Ohren.

Keuchend riß er die Tür auf.

Auf dem Tische in der Mitte brannte die Lampe, friedlich wie immer. Seit langen Stunden schon war da das Mahl aufgetragen, kaltes Fleisch, frische und eingemachte Früchte: Wasser, Milch und Zypernwein.

Da lag aber auch, von der Lampe hell beschienen, ein großer Brief, – der erste Brief seit seiner Abreise aus Europa!

Er ergriff ihn hastig und las die Adresse. Eine unbekannte Handschrift. Er wandte ihn um und betrachtete den Stempel, mit dem das Schreiben verschlossen war: »Deutsches Generalkonsulat in Beirut.« Er riß den Umschlag auf.

Als er das Schreiben hervorzog, fiel ein anderer Brief heraus, auf den Teppich. Er wollte sich danach bücken. Aber das Blut stieg ihm so gewaltig zu Kopf, daß ihn schwindelte. Er mußte sich auf den Stuhl stützen, um nicht umzufallen.

Er setzte sich und stieß kurze, leise schnarrende Atemzüge hervor. Seine Stirn war brennend heiß, und seine Pulse schlugen hart und schnell. Er hielt das Schreiben fest in der bebenden Hand. Er führte es vor die Augen und wollte es lesen. Es war ihm nicht möglich. Es schoß ihm glühend heiß durch die Adern, und vor seinen Augen wirbelten Ringel und Kreise in hellbläulichem und scharlachrotem Schein.

Angstvoll führte er die beiden Hände an die brennende Stirn und fragte: »Mein Gott, was ist das?«

»Das Blut soll dir in den Adern kochen!« antwortete eine fürchterlich dröhnende Stimme.

Er schloß die Augen...

Nach einer Weile erhob er sich schwerfällig. Er füllte das Glas mit frischem Wasser und leerte es in einem Zuge.

Nun las er den Brief.

»Beirut, 17. Juli.

Lieber und verehrter Herr Professor!

Es macht mir große Freude, Ihnen den soeben für Sie hier eingetroffenen Brief übersenden zu können. Hoffentlich ist es der von Ihnen längst erwartete. Übermorgen, am 19., besuche ich Sie. Lassen

Sie mich durch meinen Kawaß, der morgen nach Beirut zurückreitet, wissen, ob ich Ihnen gelegen komme. Es wird alsdann meiner Überredungskunst gewiß, gelingen, Sie mit mir hierher zu schleppen. In unserm kühlen Gartenkiosk finden Sie Schutz vor der sengenden Sonne Syriens und Ruhe, deren Sie, wie ich von Mehmet Scherif Effendi zufällig gehört habe, noch immer bedürfen.

Meine Frau schließt sich meinen Wünschen und Grüßen an.

Ihr

ergebenster
Goldap.«

Er bückte sich nach dem Brief, der noch immer neben ihm am Boden lag.

Als er den Poststempel »Berlin« las und die schöne, feste, gleichmäßige Handschrift Sabinens erkannte, überfiel ihn eine tiefe Wehmut. Das gelbe Haus in der Mittelstraße, die gesprächige Wirtin, das Fenster mit den Levkojen und Hyazinthen, dem blauen Flieder und den Maiglöckchen, und Sabine selbst! – wie fern, wie weltenfern lag ihm alles das!

Ja, das war das Glück gewesen! Und das hatte er verlassen können! Das ruhige bescheidene Glück, um in frevelhaftem Ehrgeiz einem Schemen nachzujagen, das ihm damals als das Herrlichste erschien, und das ihn jetzt, da er es endlich mit gieriger Hand gepackt hatte, als höhnisches Spukgespenst so grausam folterte...

Arme Sabine! Armer Andreas!

Er löste sorgfältig den Umschlag und las:

» *Berlin, 4. Juli.*

Verehrter Herr Professor!

Ihr Brief, den Sie unterwegs geschrieben und am Tage Ihrer Ankunft in Beirut aufgegeben haben, liegt nun seit sechs langen Wochen vor mir. Was müssen Sie von mir gedacht haben, daß ich Sie solange habe warten lassen und erst heute den Mut finde, ihn zu beantworten! Zunächst muß ich Ihnen danken für die Aufrichtigkeit, die aus jeder Zeile spricht, und die mich tief bewegt hat. Ihr Schreiben hat die Gefühle des Respekts und der Verehrung, die ich vom ersten Augenblick unserer Bekanntschaft an für Sie gehegt habe, nur verstärken können. Und deshalb geht es mir so sehr nahe, daß, ich Ihnen vielleicht Kummer und Schmerz bereiten muß. Ihr Antrag ehrt mich in hohem Grade, aber ich kann ihn nicht annehmen. Es soll gewiß kein Vorwurf sein, wenn ich Ihnen sage: daß Sie es eigentlich wohl hätten merken können, – wenn Sie eben nicht durch Ihre Studien von der Beobachtung Ihrer Umgebung abgezogen würden, – wie mein Herz nicht mehr frei war, als ich die Ehre und Freude hatte, von Ihnen beschäftigt zu werden. Damals mußte es noch ein Geheimnis meines Herzens bleiben. Gestern aber habe ich mich mit Dr. Scholl, der meine Verehrung für Sie, hochgeehrter Herr und Gönner, völlig teilt, verlobt, und nun darf ich nicht länger...«

Der Brief entfiel seinen Händen.

Er starrte vor sich hin und nickte unheimlich.

Da hörte er eine dumpfe, schadenfrohe Stimme:

»Verlassen soll dich das Weib, das du liebst!«

»Ich weiß es!« schrie er wütend. »Da hab' ich's ja, schwarz auf weiß! Da! da!« Und er stieß zornig mit dem Fuße den Brief von sich. »Verlassen soll dich das Weib!... Was willst du hier?« rief er überlaut den eintretenden Hassan an, der, durch das erregte Sprechen seines Herrn erschreckt, behutsam die Tür geöffnet hatte. »Was du willst? frage ich!« wiederholte er ungehalten.

»Die Wachen sind gestellt, Effendim«, antwortete Hassan etwas betroffen.

»Ah, du sollst mich bewachen? Das hat dir wohl der jämmerliche Deutsche, der in unseren Grüften herumstöbert, geboten? Aber ein solches Tun ist ein Greuel vor Astarte! Und ich bin dein Herr, Knecht!« Er richtete sich stolz auf. »Weißt du, vor wem du stehst? Ich bin der König von Sidon... Hinaus!« fügte er mit einer gebieterischen Handbewegung hinzu.

Tieftraurig verneigte sich Hassan. Wenn er den Herrn auch nicht verstanden hatte, so ahnte er doch Schlimmes. Er kreuzte die Arme über der Brust und entfernte sich langsam.

»Der König von Sidon?« wiederholte Andreas zweifelnd. »Oder wer denn? Wer denn?... Mein Gott, gib mir Klarheit! Astarte, dein Priester fleht zu dir und... s e i n e S i n n e v e r w i r r e n s i c h !« Und mit einem bittern, höhnischen Lächeln fuhr er fort: »So erfüllt er sich denn in allem! Der Fluch, der den Schänder meiner Leiche treffen soll... Schon fühle ich, wie mir die Finger steif werden und wie meine Gelenke ihre Geschmeidigkeit verlieren. Aber bevor meine Glieder völlig erstarren, will ich der Mit- und Nachwelt noch sagen, wer ich bin! Zu fürchterlicher Mahnung!«

An die Wand gelehnt stand ein Karton, auf dem Hamdy Bey früher den Durchschnitt des ersten Schachts und der daran anliegenden Grüfte flüchtig skizziert hatte. Den nahm Andreas jetzt zur Hand und legte ihn auf den Tisch. Auf der noch leeren Rückseite malte er bedächtig seltsame Zeichen: Haken, kantige Striche und runde Linien.

Er erledigte die Arbeit mit angespannter Aufmerksamkeit und anscheinend mit vollkommener Ruhe. Es schien, als habe er nun alles vergessen, was ihn soeben noch bewegt hatte.

Er saß steif und gerade. Die Beine und Füße hatte er fest aneinander geklemmt, so daß sich Knie und Knöchel und Ballen berührten. Den linken Oberarm hatte er an die Seite gedrückt, und die Fläche der linken Hand dicht an den Oberschenkel gepreßt, während er mit der Rechten langsam die spitzen Winkel und Zacken und Rundungen malte, ruckweise wie ein Automat. Die Lippen hielt er geschlossen, und kein Muskel seines steinernen Gesichts zuckte.

Nun hatte er seine Schrift vollendet. Er erhob sich, als würden seine Bewegungen von unsichtbaren Drähten regiert. Er löschte die Lampe. Das hellgrünliche Licht des anbrechenden Sommertags drang durch das Fenster. Er nahm den Karton unter den Arm und schritt nun mit erhobenem Haupte majestätisch in sein kleines Schlafgemach, dessen Tür er hinter sich verschloß.

Hassan war auf der Schwelle des Kiosk eingeschlafen. Als der erste Strahl der aufgehenden Sonne auf ihn fiel, fuhr er jäh auf. Er war beruhigt, als er sah, daß, die Lampe im Mittelzimmer gelöscht war. Der Herr hatte sich also zur Ruhe begeben. Vorsichtig öffnete der Alte die Tür. Das Essen stand noch unangerührt da. Er horchte an der Tür zum Nebengemach. Kein Laut. Der Herr schlief.

Der Herr schlief lange und fest. Kein Wunder nach einem Tage wie dem gestrigen!

Der Herr schlief noch immer, als der Kawaß des Generalkonsuls nun schon zum zweiten Male bei Hassan sich erkundigte, ob er denn keine Botschaft des Professors nach Beirut mitzunehmen habe. Sein Herr habe ihm ausdrücklich anbefohlen, darauf zu warten. Er wolle nicht unverrichteter Sache heimreiten, aber er könne auch nicht länger verweilen.

Hassan schlich wieder in den Kiosk und legte das Ohr an die Tür.

Achselzuckend brachte er Bescheid: der Herr schlief noch immer...

Während sich die beiden nun berieten, ob der Bote noch bleiben oder davonreiten solle, kam Mehmed Scherif bei seinem Morgenspaziergange am Kiosk vorüber. Hassan trug ihm die Sache vor.

»Ich werde den Herrn wecken«, sagte Mehmed Scherif nach kurzem Besinnen.

Er trat geräuschlos in den Kiosk ein und drückte die Klinke an der Tür zu Andreas' Schlafgemach behutsam nieder. Die Tür war verschlossen. Sonderbar! Der Professor pflegte sich doch sonst nicht einzuschließen!

Mehmed klopfte leise... keine Antwort.

Er klopfte etwas stärker... keine Antwort.

Er klopfte laut... Er pochte und rief... Er schlug mit der Faust an die Tür und schrie... keine Antwort.

Der Kawaß und Hassan waren herangetreten.

Die drei sahen sich groß an.

»Erbrich die Tür!« befahl Mehmet Scherif.

Der alte starke Hassan stemmte sich mit aller Kraft an die leichtgezimmerte Tür. Die Bretter ächzten und krachten. Er drückte den lose eingefügten Bügel aus den Pfosten, und die Tür sprang auf.

Die drei blieben betroffen stehen.

Auf seinem Lager ausgestreckt lag Andreas da, auf dem Rücken. Um den Kopf hatte er ein Tuch gebunden, das die Haare völlig und die Stirn fast bis zu den Brauen faltenlos bedeckte und hinter den Ohrmuscheln, die unverhüllt blieben, an beiden Seiten in gleicher Länge glatt auf die Brust herabgezogen war. Die verglasten Augen standen weit auf und starrten wild und schauerlich grimmig in die Leere. Der Mund aber war halb geöffnet, wie zu einem müden Lächeln, das dem Antlitz des Toten etwas Mildes und Versöhnliches gab. Er hatte das Leintuch über die Schultern gezogen und die Arme hart an die Seiten gepreßt. Das weiße Tuch umhüllte dicht anliegend den Körper des Entseelten, dessen Formen sich in den wenigen Falten nur andeutungsweise abzeichneten. Die beträchtliche Erhöhung unten zeigte jedoch deutlich die auf die Fersen gestützten Füße mit den nach oben gerichteten Spitzen der Zehen. Da, am Fußende des Lagers, stand ein weißer Karton mit einem architektonischen Riß auf der einen und semitischen Schriftzeichen auf der andern Seite.

Die Leichenstarre war schon eingetreten. Die Sonne beleuchtete goldig den Toten.

Mehmed Scherif war tief ergriffen, und dem alten Hassan liefen die Tränen in den grauen Bart.

Noch am selben Tage sattelte Dr. Goldap, dem der Kawaß die traurige Nachricht vom Tode des deutschen Gelehrten überbracht hatte, sein Pferd und ritt nach Sidon. Am anderen Tage überführte er die Leiche nach Beirut und ließ sie dort auf dem christlichen Kirchhofe beisetzen.

Der Geistliche schloß sein Gebet mit den Worten: »Er ist zur ewigen Ruhe eingegangen. Amen!«...

*

Ein Vierteljahr war seitdem vergangen. Es fügte sich, daß das gastfreie Haus des deutschen Generalkonsuls wieder einen jungen Archäologen beherbergte, der sich durch seine gründliche Kenntnis der semitischen Sprachen in fachwissenschaftlichen Kreisen einen guten Namen gemacht hatte und in offizieller Mission das Gebiet des alten Phöniziens bereiste. An einem schönen Herbstabend saßen Goldaps mit ihrem Gaste behaglich plaudernd auf dem altanartigen Vorbau, von dem eine Treppe in den Garten hinabführte.

»Haben Sie Andreas Möller gekannt?« fragte Frau Goldap.

»Persönlich nicht. Aber sein Name ist mir natürlich bekannt. Hamdy Bey hat ihm mit seinem Nekrologe in der ›Revue archéologique‹ ein herrliches Denkmal gesetzt. Möller ist ja wohl in Sidon selbst gestorben?«

»Und wir haben ihn hier begraben!« sagte Frau Goldap. »Ich habe ihn freilich nur einmal im Leben gesehen, aber ich habe ihn nicht vergessen. Er machte auf uns beide einen ungemein sympathischen Eindruck. Wir sprechen noch oft von ihm.«

»Er starb ganz plötzlich?«

»Ja ... und nein! Er hatte sich bei den Ausgrabungen überanstrengt, die Sommerhitze war mörderisch ... er hatte schon ein paar Wochen gekränkelt ...«

»Und da kam noch ein bißchen Liebesgram dazu,« fiel der Konsul ein, »und da war es aus.«

»Liebesgram?« fragte die junge Frau. »Das ist doch bloß eine Vermutung von dir?«

»Mehr als eine Vermutung. Ich habe nur nicht davon sprechen wollen. Ich habe den Brief, den ich ihm am Tage seines Todes übersandte, bei ihm gefunden. Er hatte ihn längst ungeduldig erwartet. Ich warf einen Blick hinein. Die ersten Worte sagten mir, daß der Brief Möller wahrscheinlich Schmerz bereitet hat. Ich habe ihn natürlich vernichtet.«

»Der arme Mensch!« sagte die junge Frau mit wirklicher Trauer.

»Ja, der arme Mensch!« wiederholte der Gast. »Aber zu beklagen ist er gleichwohl nicht. Sein tragischer Tod hat in unserer Gelehrtenwelt die schmerzlichste Teilnahme geweckt. Die Auffindung des Tabnit-Sarkophags mit der wertvollsten phönizischen Inschrift, die wir überhaupt besitzen, hat seinen Nachruhm für alle Zeit gesichert.«

»Ist Ihnen bekannt, wie wir ihn tot aufgefunden haben?« fragte Goldap.

»Nein«, antwortete der Archäologe. »Darüber ist wohl nichts veröffentlicht worden?«

»Ich glaube kaum. Es war sehr merkwürdig! Er hatte sich selbst eingebettet, wie ein alter Ägypter in seinen Mumienschrein. Als ich ihn sah, mußte ich unwillkürlich an einen anthropoiden Sarkophag denken. Am Fußende seines Lagers hatte er einen Karton angebracht mit Schriftzeichen, ganz im Charakter der phönizischen. Eine Inschriftenspielerei noch in den letzten Stunden, der grausige Humor eines sterbenden Gelehrten! Ich habe den Karton übrigens mitgenommen und aufbewahrt. Wenn Sie ihn sehen wollen...«

»Es würde mich lebhaft interessieren.«

Nach einigen Minuten brachte Goldap den Karton.

Der Archäologe betrachtete ihn lange und mit großer Aufmerksamkeit. Die schöne Gestaltung der phönizischen Schriftzeichen erfreute sein Herz.

Er wandte keinen Blick von dem Blatte. Mit den Fingern der beiden Hände betupfte er bald einzelne Zeichen, bald größere Gruppen derselben.

Endlich sagte er ernst: »Das ist keine Spielerei! Es ist eine schön gebildete und, wie ich glaube, auch ganz korrekte Inschrift.«

»Und es ist Ihnen gelungen, sie zu entziffern?« fragte Frau Goldap.

Der Archäologe nickte und sprach langsam, während er mit der Rechten größere Gruppen der Zeichen zusammenfaßte und so von rechts nach links tastend die drei Zeilen ablas, mit fast feierlichem Ausdrucke:

»Wage niemand meine Ruhe zu stören! Ich bin der König von Sidon!«

Über tredition

Eigenes Buch veröffentlichen

tredition wurde 2006 in Hamburg gegründet und hat seither mehrere tausend Buchtitel veröffentlicht. Autoren veröffentlichen in wenigen leichten Schritten gedruckte Bücher, e-Books und audio-Books. tredition hat das Ziel, die beste und fairste Veröffentlichungsmöglichkeit für Autoren zu bieten.

tredition wurde mit der Erkenntnis gegründet, dass nur etwa jedes 200. bei Verlagen eingereichte Manuskript veröffentlicht wird. Dabei hat jedes Buch seinen Markt, also seine Leser. tredition sorgt dafür, dass für jedes Buch die Leserschaft auch erreicht wird.

Im einzigartigen Literatur-Netzwerk von tredition bieten zahlreiche Literatur-Partner (das sind Lektoren, Übersetzer, Hörbuchsprecher und Illustratoren) ihre Dienstleistung an, um Manuskripte zu verbessern oder die Vielfalt zu erhöhen. Autoren vereinbaren direkt mit den Literatur-Partnern die Konditionen ihrer Zusammenarbeit und partizipieren gemeinsam am Erfolg des Buches.

Das gesamte Verlagsprogramm von tredition ist bei allen stationären Buchhandlungen und Online-Buchhändlern wie z. B. Amazon erhältlich. e-Books stehen bei den führenden Online-Portalen (z. B. iBookstore von Apple oder Kindle von Amazon) zum Verkauf.

Einfach leicht ein Buch veröffentlichen: **www.tredition.de**

Eigene Buchreihe oder eigenen Verlag gründen

Seit 2009 bietet tredition sein Verlagskonzept auch als sogenanntes "White-Label" an. Das bedeutet, dass andere Unternehmen, Institutionen und Personen risikofrei und unkompliziert selbst zum Herausgeber von Büchern und Buchreihen unter eigener Marke werden können. tredition übernimmt dabei das komplette Herstellungs- und Distributionsrisiko.

Zahlreiche Zeitschriften-, Zeitungs- und Buchverlage, Universitäten, Forschungseinrichtungen u.v.m. nutzen diese Dienstleistung von tredition, um unter eigener Marke ohne Risiko Bücher zu verlegen.

Alle Informationen im Internet: **www.tredition.de/fuer-verlage**

tredition wurde mit mehreren Innovationspreisen ausgezeichnet, u. a. mit dem Webfuture Award und dem Innovationspreis der Buch Digitale.

tredition ist Mitglied im Börsenverein des Deutschen Buchhandels.

Dieses Werk elektronisch lesen

Dieses Werk ist Teil der Gutenberg-DE Edition DVD. Diese enthält das komplette Archiv des Projekt Gutenberg-DE. Die DVD ist im Internet erhältlich auf **http://gutenbergshop.abc.de**